おっさん（3歳）の冒険。

案山子
ルカスによって作り出されたゴーレム型の案山子。のちに、マイルズによって改良され権三郎が生まれる。
ルカス・デ・アイノルズ
マイルズの祖父で、前魔導公爵。現在は農家のおっちゃん。
リーリア・ゼ・アイノルズ
マイルズの祖母で、現役大賢者。研究バカな一面も。
マイルズ・デ・アルノー
アルノー家の三男。前世は日本の企業で課長をしていた、おっさん。自重しつつも、やらかしが絶えない3歳児。
主な登場人物

ミホ・ラ・アルノー
マイルズの母親で、現在は魔法研究所の所長をしている。
ルース・アルノー
マイルズの父親で料理人。昔は魔物退治で名を馳せた経験あり。
ザンバ兄、ミリアム姉、バン兄
マイルズの姉兄たち。ザンバ兄とミリアム姉はやんちゃだが、バン兄はのんびり屋。
ポチとタマ
見た目が柴犬のポチは獣人王家第一王女ホーネスト7世。見た目が茶トラのタマは獣人王国の宰相ネロ5世。

Contents

おっさん（3歳）の冒険。

ぐう鱈

イラスト
高瀬コウ

1章　プロローグ

男は終電間際《まぎわ》の電車に揺られながら帰途についていた。

男の名前は畑野《はたの》勝《まさる》。先日40歳を超えた、働き盛りの会社員である。

車窓から見える景色が地下から地上に変わった。もうすぐ東京から千葉に入る。

週末の終電はすし詰め状態。人の波に身を任せるしかないが、朝の通勤電車のように殺気立っている人は少ない。

勝の周りには、気の許せる仲間同士で酒を飲んだ帰りであろう楽しそうな表情の酔っ払いたちが多数いる。

勝は少しばかり疎外感を覚えつつも、『いつものこと』と開き直り、電車内のLED案内板を見る。路線の情報と次の駅の情報が交互に表示されている。これも『いつものこと』だ。

電車が駅に止まり、陽気な集団が降りていった。

そして次の駅では、勝も別の路線に乗り換える。

(終電間際なんてこんなもの)

ここ2年ほど、勝は超大型プロジェクトを扱う、社内でも花形部署の課長職を仰《おお》せつかっている。

そのため平日はほぼ毎日、始発で出社し、終電で帰宅する生活だった。

だから、このような光景は見慣れていた。そして、極めて慣れた疎外感だった。

……しかし、今日の勝は違った。

(明日から2週間の休みだ！　俺も浮かれてやるぜ！！！)

酒は入っていないが酔ったような高揚感と、厳しい業務から解き放たれた解放感で勝はウキウキしていた。

なぜか？　それはひとえに激務で溜まりに溜まった鬱憤《うっぷん》のためである。


勝が所属している会社は大企業である。大企業の管理職には、残業代などは存在しない。

勝も12年前、主任へ昇格時に、新入社員時代長く付き添った【残業代さん】という盟友とお別れをしている。時代の流れなのだろう、管理職となった勝は、配下のメンバーやパートナー企業に「残業は悪」と言わざるを得ない立場になっていた。

そうは言っても、管理職である勝は深夜まで残業せざるを得ない。そんな矛盾、笑い話である。まぁ、苦笑いの類だが……。

朝から20時まで、会議がトリプルブッキングしている勝。

皆が帰ってから、ようやく自分の作業に向き合える勝。

権限と義務はセットである。「仕方がないことだ」と割り切る他なかった。

そんな勝の生活のなかで、唯一の救いは家族だった。

しかし勝はそんな癒しの空間の家庭に、仕事を持ち込んでしまった。

週末、家族と夕食を終え、子供たちが寝付いてから自室に籠《こも》り、持ち帰った仕事と向き合う。気付けば日付を越えていた。

最初は理解を示した妻も、半年も続くと苦言を呈してきた。むろん、勝の体を気遣《きづか》ってのことだろう。妻の指摘に『確かにその通り』と、勝は週末まで仕事を引っ張らないように努力した。

だが、大きな問題が生じてしまった場合などは、休日も仕事に意識を取られてしまう。それは巨大プロジェクトの責任者として、仕方のないことであった。

「仕事を家庭に持ち込むなんて、社会人失格だね」

ショッピングモールで買い物のあとカフェで不満顔の妻に、勝はそう言われてしまった。

プロジェクト開始から1年経った頃のことだ。『勝負の時期』と意識していた勝の胸に刺さる言葉だった。しかし、勝は同時に、妻の言葉に、わずかだけれども致命的な【ずれ】を感じていた。

虫の知らせと言ってもいいような【ずれ】。

翌日、【ずれ】を無視できなかった勝は、興信所に連絡し、妻の素行調査を依頼した。

結果、……知らなければよかった。1年や2年ではなく、結婚前からだった。

……こっそりと子供たちの遺伝子検査もした。

結果、……知らなければよかった。勝は長女も長男も愛していた。深い愛情は簡単に割り切れるものではなかった。

心が深く傷ついた勝は、そのあとのことを弁護士に丸投げした。

そして……愛していた妻も間男《まおとこ》も、社会的に抹殺できた。ケタ違いの慰謝料も毟《むし》り取ってくれた。

しかし親権は取れなかった。

勝は子供たちを失ってしまった。子供たちの親権は妻で、養育費すら発生しない。

気が付くと、妻の両親と間男の両親が、勝の前で土下座をし、涙を流しながら謝っていた。

勝は無意識に、表情も変えずに涙を流していた。

脳内でもう一人の勝が言う。『子供たちの未来を考えるならば、もう会ってはいけない』と。

勝の脳裏に子供たちの顔が浮かぶ。笑顔、泣き顔、怒り顔。「おべんとうがおいしかった」と手紙をくれた娘。休日、起きて勝を見つけると全力で駆け寄ってきた息子。

彼らの未来にために、勝はもう【会ってはいけない】存在になってしまった。

1人になり、広い家のリビングで胡坐《あぐら》をかき、勝は自分を責めていた。「もっと妻を知るべきだった」「自分の愛情が足りなかった」「いや、そもそもあんな違和感に敏感に知ろうとなどしなければよかった……」——ぐるぐると思考は駆けめぐる。興奮と絶望から眠気など起きない。向け先のない想いを抱えながら、勝はなかなか進まない時間を過ごした。

当時を振り返り、彼の上司や部下たちは口を揃《そろ》えて言った。「目が怖かった。特に笑っている時の」と。

勝としては、真摯《しんし》に対応していたつもりだったので、解《げ》せない限りだった。

離婚を決意した日から、勝は自宅に帰ることをやめていた。

もう【汚物】にしか感じられない、元妻の匂いのする家。

いまだ深く愛する、子供たちとの思い出の詰まった家。

勝は会社から徒歩10分のホテル住まいをしていた。現実逃避と言われても、それしかできなかった。想いの向け先が見つからず、パンクし、勝の心を壊しかけていた。

そこに、とどめが刺される。元妻の会社襲撃である。

ちょうど、プロジェクトが完了に近づき、ほんの少し余裕ができた時期だった。それでも、1日にたった20分や30分程度の時間だ。

悪いことに、その日、空いた時間に、元妻が会社を訪れた。

そしてさらに悪いことに、元妻を知る後輩がロビーで元妻に会ってしまった。

これまたさらに悪いことに、その後輩は離婚について何一つ知らなかった。

「せんぱーい、奥さんとお子さんが来てますよ」

「は？」

「ちゃんと第4応接室に通しておきましたよ♪　深刻な顔してたから早く行ってくださいね」

虚《うつ》ろな眼で立ち上がり、会議室へ向かおうとする勝を、隣の席に座る後輩がかろうじて押し留める。

勝の眼は正常ではなかった。子供に会えるというわずかな希望が、勝の体を突き動かす。普段の勝からは考えられないほどの力で再び立ち上がろうとした彼を、今度は体格のいい後輩たち数名が、強引に押し留めた。

しばらくすると、部署担当役員付きの秘書がやって来て、勝は役員室に連行された。

気が付くと、勝はなぜか、夕方から老舗《しにせ》の蕎麦屋《そばや》で酒を飲んでいた。

担当役員は、勝のとりとめのない話を笑顔で聞いてくれた。

1時間すると、役員会で世間話をしたことのある社長が笑顔で現れた。

2時間すると、部長が来た。元妻を応接室に通した後輩が青ざめた顔でついてきた。

勝を気遣って会話していることが、精神的に疲弊《ひへい》している勝にも分かった。

『気を遣わせてしまっている』。だが嬉《うれ》しかった。

おそらく、これは打算であろう。社長の派閥でコツコツと実績を積み重ねてきた勝は、社内では重要人物となっていた。それは勝にも自覚があった。

だが、例え裏があろうがなかろうが、勝は素直に嬉しかった。この状況でも会社に切り捨てられなかった、その事実で、勝がしてきたことが本当に認められていた、ということが分かったからだ。

喜びと悲しみが混じった涙は、自然な笑顔と一緒にこぼれ落ちた。

そのあと、彼らと色々な話をした。普段は話さないような趣味の話から卑猥《ひわい》な話まで、話と酒がどんどん進む。

飲み会が終わると役員以外のメンバーは、いわゆる女の子がいるお店へ行くこととなった。

おっさんなんてそんなものである。

別れぎわにお礼を言う勝を、役員たちはうらやましいものを見る目で見ていた……それはきっと勝の見間違いだ。そうに違いない。

そんな騒動から、半年経った。

勝は家を売り払い、賃貸住まいをしている。ちなみに、なんと同棲をしている。それも、若くかわいらしい女性と、だ。

結論から言うと、勝が押し切られたのである。

勝が「結婚することはない」と言うと、彼女は「うん」と返す。「抱くつもりもない」と言うと笑われた。

彼女に「私と一緒にいてどう?」と聞かれたので、勝は「楽しい」と答えた。するとなぜか、【2人で住むため】のマンション探しに連行された。

一緒にいて心地いい女性だった。勝は彼女といると、まるで、崩れた心が回復していくような気持ちになる。

長期休暇の前半は彼女と旅行に行き、後半は自宅でまったり家事でもする予定だ。

楽しい休暇が待っている。勝は浮かれていた。

しかしこの時、勝が気付こうと思えば、先ほどから【電車の外を流れる風景が繰り返されている】ことに気付けたはずだ。

また、この時、勝が気付こうと思えば、先ほどから【周囲の人間が精巧に作られた人形に代わっている】ことに気付けたはずだ。

だが今、浮かれている勝は、その異変に気付けない。

勝は次の駅に到着するのを待つ。その時が訪れないとも知らずに。

勝は次の駅を待つ。旅行中、彼女に伝えなければならない言葉を考えながら。

……気付いた時には、勝の視界は、右から左に変化が始まっていた。

無機質な電車内から、金色の小麦畑に変化する。

勝は急激な変化に驚き、電車の床に膝をつく。とっさにつかもうとした電車の吊り革は、もうそこにはなかった……。

「マイルズ、どうした？　頭が痛いのか？」

視界の端に、40代後半と思われる白人男性が現れた。後ろに、石でできた人型の何かを引き連れている。

（ルカスじいちゃん？……ちょっと待て、私は生粋《きっすい》の日本人だ。白人の身内など……）

勝の脳内に、体験していない記憶と知識が顕《あらわ》れた。

勝は、勝として、それらを否定しようとした。

だが【存在するもの】を否定できるだけの根拠が見つからなかった。

その事実が、勝の脳内を締め上げる。

その事実が、マイルズ3歳の小さな脳には処理できず、大きな負荷となる。

「＊＊＊＊＊＊＊＊＊＊！」

駆け寄ってくるルカスの声が、周囲から聞こえる森の音が、ノイズに聞こえる。

ノイズはやがてモザイクに変化し、やがてその小さな脳がパンクする。

倒れるマイルズ。青くなって駆け寄るルカス。

（そうだ寝よう……寝れば起きるしかない。願わくば、勝として起きられるように……）

マイルズ（勝）の意識は、電源を落とすように途切れた……。

2章　異世界生活始まりました

皆さん、こんにちは。結婚前から妻に裏切られていた愚かな男こと、勝です。

そう、離婚半年で、かわいくて若い彼女を見つけちゃった、あの勝です。

なにげにエリート会社員街道《かいどう》を驀進《まいしん》中だった男、そう、勝です。

今、何の因果か……ただいま、幼児をしております。

気付けばなぜか、白人男性のマイルズ君3歳の、勝です。

どなたの企《たくら》みかは存じませんが、説明がほしいところです……。

ぶつぶつと不満を抱えながらも、ただいま遅めの朝食中です。

うん、パンが硬い。

日本にいた時に【欧米のパンが硬いのは、人種としての唾液分泌量の違い】という話を聞いたことがあります。ですが、実際に人種が変わってみても、パンは柔らかい方が美味《おい》しいです。

しかも私、幼児です……柔らかいものプリーズ！　なのです!!

さて現状ですが、昨日私が発現？　覚醒《かくせい》？　したため【マイルズ3歳、農地で倒れる】という事件を起こしてしまいました。そのせいで、今朝《けさ》から祖母にがっちりホールドされております。

　要するに、祖母に抱っこされている状態です。

　幼児期には何が起こるか分からない、ということは理解しております。ですので、これは仕方のないことなのです……きっと。

　油断をしていると、祖母が「あ～ん」をしてきます。大人としてお断りです。ですので、自らの力でしっかりとパンを食《は》みます。時折、添えられている祖父の農園産１００％のクリームシチューを啜《すす》りながら、またパンを食みます。

　ですが、私、３歳なので、口からこぼれてしまいます。仕方のないことです。

　クリームシチューをこぼすと、祖母は「あらあら」とか微笑んで、口の周りを拭《ふ》いてくれます。

　あ、いえ、中身はいい歳のおっさんなので、結構です。ええ、大丈夫です。こぼしてしまうのは3歳の体のせいなのです。フォローは自分で行います。

　味についてですが、祖父の農園産１００％のクリームシチュー、野菜が美味しいです。

　野菜の甘味が特に抜群です。

　中世欧米風文化なのに、非常に美味しいです。

　しかし、おかしいです。私の記憶では、これほど美味しい農作物が栽培され始めたのは、現代ぐらいでしたのに……。もしかして、こちらの農業はとても進んでいるのでしょうか？　侮《あなど》れません。

ですが、残念です。

味付けがいまいちです。

2食ほど食べましたが、塩味の加減が酷すぎます。あと、旨味があまり感じられません。人参とか、洗って丸かじりした方が、よほど美味しいです。

そのような味付けの料理は拒否したいのですが、そうもいきません。

我が家は、どうやら街でも人気の料理屋をやっているようです。

私の記憶にある【お店で提供する料理】は、綺麗《きれい》に盛り付けられ、品があり、とても美味しそうな料理なのです。ですが自宅の味がこれということは……店での料理、察してしまいます。

ふーっとため息を吐き出すと、パンをちぎってシチューに浸《ひた》します。

これが正しい食べ方だそうです。こうすると、だいぶましになります。

正直、食べ続けたくありません……。現代日本人の味覚を持っている私としては、辛い時間です。

ふいに、元妻が【飯マズ】だったことを思い出します。私が家にいる時は、私が料理係でした。早起きをして、朝ご飯やお弁当を作り始めた時の子供たちの弾《はじ》ける笑顔が懐《なつ》かしい。今なら笑顔の理由を察してしまいます。

全部食べ終わり、空になったお皿に頭を下げて「ごちそうさまでした」と呟《つぶや》くと、祖母が頭を撫《な》でてくれます。

「えらいわ、全部食べたわね。美味しかった？」

無垢《むく》な笑顔ってやつですな。

全部食べたことが意外だったのでしょうか。量的に。

それとも、こんなまずい料理を食べ切ったことへの称賛でしょうか。確信犯的に。

前者だと信じております。祖母は農家の嫁なのです。後者だったらお説教ものです。

「僕も料理してみたい！」

こんな味の料理はもう勘弁なので、おねだり（深刻）です。

調味料が塩だけでも、これ以上の料理を作れる自信が、私にはあります。

祖母を見上げて首を傾《かし》げます。上目遣いで幼児のかわいらしさアピール、ってやつです。

「うーん、包丁は危ないからまだ無理かな」

迂闊《うかつ》でした。その通り、今の私は包丁を持てませんでした。

さらに3歳です。私が大人だったとしても、3歳児には、包丁も火も危険なので、触らせるわけがありません。

「あとね」

祖母は私の視線を誘導するように台所を見ます。

……そうか、身長も足りませんでしたか。

「大きくなったらおばあちゃんに美味しい料理作ってね」

「うん！」

私は満面の笑みで祖母に返答します。脊髄《せきずい》反射ってやつですかね。慈愛に満ちた祖母の顔を見ていると、考える前に体が反応します。体が正直で困ります。

「おばあちゃん！　お外行きたい！」

調子に乗っておねだりです。情報が必要なのです。現状把握は重要です。

「だーめ」

やはり昨日倒れたのがまずかったようですね。家族の対応としては当然ですが、なんとかしたいものです。

そのあと、少し駄々《だだ》をこねてぐずってみたのですが、祖母の反応は変わりません。

マイルズの記憶を見る限り、マイルズとのお散歩は、祖母も好きだったようなのですが。

お約束の「お母さん若いわね」でご満悦の祖母がはっきりと思い出せます。

私は私で「マイちゅる！　3歳！」と自信満々で答えております。記憶の中で確認しましたが、今は演技でもできません。ご勘弁ください。

さて懸案《けんあん》の祖母ですが、彼女の名前は、リーリア・ゼ・アイノルズ。名前の意味は【個人名・魔法名・家名】になるそうです。

この世界で、魔法名を持っている人は少ないらしいです。祖母はその中でも類《たぐい》まれな魔法力を有しているらしく、その影響で、20歳代と比べても遜色《そんしょく》ない若さを保っております。

さて、暇《ひま》です。

子供の体なので、暇だとウズウズしてしまいます。祖母が「絵本でも読んであげましょう♪」と言って席を外しました。ぜひ魔法の本をお持ちいただきたいです。

なぜって？　こう見えてもこの私、マイルズ・デ・アルノー（3歳）は、魔法名【デ】を有しているのですから

【デ】の意味は不明です。祖母にそれとなく聞いてみたところ、「大人になるまでは人前で言ってはいけませんよ」とのこと。

そんなに酷い適性なのでしょうか。聞いただけで嘲笑《ちょうしょう》を誘うほど……。

あ、ちなみに、農家をやっている祖父も魔法名が【デ】です。昨晩質問した時に「おじいちゃんと一緒じゃ！　嬉しかろう」と言われました。

リアクションに困ります。

極めた魔法は【農業魔法】だとか。確かに剣と魔法の世界で【農業魔法】かよ、とは思いま

すが、嘲《あざけ》られるほど酷いものではありません。笑った人はお野菜さんに謝ってほしいです。

ちなみに【農業魔法】についても秘密なようです。

なんという差別社会！　早めに極めて、ギャフンと言わせてやりましょう。

……でも【一般魔法】にも未練があります。

遠き昔。大学生時代にはまっていたＭＭＯＲＰＧ、そこで私は戦士職でした。

ゲーム序盤では戦士職が有利で楽しかったのです。しかしゲームが進むうちに戦術が多様化していき、戦士のパーティ需要がなくなっていきました。序盤の有利で戦士職についてしまった私たちは、パーティーからあぶれていきました。気が付くとオンライン上の街でも、戦士職諸兄はブラブラと無職状態。

逆に魔法使いなどは、開始時には苦労しても、パーティになると引く手あまたでした。魔法使いとしてやりなおすことも考えましたが、愛着あるキャラクターを消すこともできず、魔法使いたちのご機嫌取りをしていた日々でした。

いったい何が面白くてゲームをしてたのでしょう。……若気《わかげ》の至りというやつですね。

そんなわけで、【派手な攻撃魔法】や【状況を覆《くつがえ》す回復魔法】なんてものに、若干の憧れがあったりするわけです。全くもって悩ましい話です。

「帰ったぞー」

祖母が読んでくれている絵本で、英雄が悪魔を倒すページに差しかかったところで、祖父の帰宅です。なお、横に置かれた絵本では、英雄が鍬《くわ》を持っています。たぶん、祖父のいたずらでしょう。全く困ったものです。

「おじいちゃん！　魔法！　魔法教えて!!」

祖父を迎えるために私を解放した祖母のすきを縫って、祖父の左足にタックル、そしてがっちりホールド。そしてかわいらしくねだってみます。

「ほっほう！　マイルズ、魔法に興味を持ったか！」

嬉しそうに祖父は私を抱え上げます。抱き上げられた浮遊感が、なんとも不快です。

【一般魔法】にも興味がありますが、まずは【農業魔法】です。

きっと【農業魔法】は私の基礎になってくれます。最終的には【派手な攻撃魔法】や【状況を覆す回復魔法】ですが、まずは【農業魔法】です。

何より私の勘がこう告げています。『農業魔法は金になる！』と。

その直感を信じて、魔法の特訓あるのみなのです。

◆◇◆◇◆

我が名はルカス・デ・アイノルズ。偉大なる魔導士じゃ。

3年前までは魔導公爵の役に就いておった。現在は息子に役を譲り、念願かなって専業農家じゃ。

4年前までは、週に4日も王都詰めであった。

当初は週6日であった。

イラっときたので、陛下に「王城を農地に変えてもよいか？」と聞いたら、2日減らしてくれた。陛下は名君《めいくん》と呼ばれておるが、器《うつわ》が小さいのう。

魔法名は【特殊魔法】を極める【デ】。儂《わし》はその魔法名を持って一族の特殊魔法【農業魔法】を初めてまとめ上げ、そして極めた。その結果【大英雄】と呼ばれておる。

さて最近の話じゃが、東方より取り寄せた根菜を畑の端で育てておる。珍しい作物を育てておるのは密《ひそ》かに自慢じゃ。その珍しい作物に、なんと、我が孫のマイルズが気付き、大いに興味を示しておった。さすが我が秘術を継ぐ孫！　頼もしい限りじゃ。

やはり、もう3つぐらい秘奥《ひおう》魔法を伝授……、リーリアが視界の端で暗黒魔法を準備し始めておる。分かっておる、伝授するのは10歳以降だったな。

我が自慢の孫、マイルズは、もう、我が【農業魔法】を受け継ぐために生まれたとしか言えないほど、才能にあふれておる。

マイルズが生まれた頃は、儂も本家筋の者どもも、数多の実験、検証の結果、体系化した【農業魔法】を全て受け継げる人間は【あまりに特異なケース】であると結論付けておった。

儂以外に【全てを受け継げる者】が現れる可能性は極めて低いと、諦《あきら》めておった……。

だが、奇《く》しくもマイルズが生まれた。

【農業魔法】を受け継ぐ才能を秘めて。

神などは信じておらんかったが、今は神に感謝じゃ。

儂のように【農業魔法】を極めるには、生まれ持った才能として、3つのことが必要となる。
1．魔導の才能。【特殊魔法】を極めることができる魔法名が必要
2．魔法力の容量。一般人が生涯をかけて生み出す魔法力を1日で扱える量が必要
3．精霊の加護。動植物に関わる魔法だけあって、精霊との親和性の象徴である加護は必須
1つでも持てばその道を究められる才能が3つ。やはり我が孫はかわいいのじゃ！

【かわいいは正義】……ではなく、【我が後継者が正当に生まれた】として保護・育成をするという名目で、儂は3年前に魔導公爵の役を息子に譲った。

役を譲ることに、陛下はとてもしぶしぶの様子であった。解せぬ。孫がかわいくて何が悪い！

政治の世界では30、40歳は子供。儂とて実績を持って派閥をまとめ上げられたのは、ここ10

年の話だ。陛下が惜しいと思うのは無理からぬ話ではある。

だが大丈夫じゃ。もう10年も前から、儂は息子に全てを委ねておる。なんら支障はない。

ということで、儂は現在、所領で農地を見ておる。儂の全てを引き継ぐ予定のマイルズと共に。

ん、なんじゃマイルズよ……何っ！　魔法を知りたいだと！　ほほう！　さすが我が孫、もう【農業魔法】の良さに気が付いたか！　僥倖《ぎょうこう》僥倖。

今日は一日【賢者】リーリアから【回復魔法】など受けて、そちらに傾倒してしまうのではないかと危惧《きぐ》しておったが、爺は孫を信じてよかったぞ！

やはりもう3つぐらい秘奥魔法を伝授……リーリアやめような、その呪力、半端《はんぱ》ないから、儂でも3日ぐらい寝込みそうだから。

結局、その日は我が妻リーリアより、1つの魔法を継承させる許可をもらった。

明日以降、マイルズに継承させてゆくこととなった。

明日が楽しみじゃのう、マイルズよ！

◆◇◆◇◆

おはようございます。マイルズです。

農家の朝は早い。本当に早いでござる。

なぜだか【魔法教えて】発言から、毎日、朝日と共に起こされて、街の中心部にそびえ立つ時計塔に連れて行かれます。

時計塔に着き、祖母が時計塔に手を当てると、塔全体がうっすらと光を放ちます。

最初に連れて行かれた時は、祖母は1分ほどで塔から手を放し、「やってみて」と、私の手を取って、塔に触れさせました。初めて塔に触れた私は、腹の底から何かを引き抜かれるような違和感と不快感を覚え、思わず時計塔から手を放してしまいました。

目を丸くして祖母を見ると、予想通りの反応だったのでしょう、楽しそうに口に手を当てて微笑んでいます。

そして、不快感を露《あら》わにしていた私のことなどお構いなしに、祖母は私の手を取り、もう一度、塔に触れさせます。

1分しないうちに、塔に強烈な光が宿りました。その光は数秒経過すると消えていきます。

……なぜでしょう、非常に嫌な予感がします。

「……あら、もう1本分溜まってしまったのね」

どうやら何かに利用されたらしいです。

祖母にジト目を向けると「これすると朝ご飯が美味しくなるのよ♪」とはぐらかされました。

「お腹空《す》いたでしょ？」と聞かれたので即答で「うん！」と答えてしまいます。

……空腹とは罪深いものです。

この世界、中世にしては珍しく、３食食べる文化が根付いています。

祖父曰《いわ》く「20年前の大戦の折、「喰わねば戦えぬ」と3食喰わしていたら、そのまま文化になった♪」だそうです。

いや、そもそも食料生産の効率が悪く3食食べられないから2食……、ああ、そうですか、【農業魔法】ですか。なるほど、チートですな～（棒）。

実際、３食思い切り食べさせた祖父の軍は強かったらしいです。農業魔法、恐るべし。

実は私、その恐るべき農業魔法を、先日1つ教えてもらいました！

それは、祖父がこの地域の食料生産力を底上げするにあたって、最も貢献した農業魔法。そう、その名を【案山子《かかし》製造魔法】。

……もうね、案山子の概念、ぶち壊しですよ。

魔法を教えると言いながら、私を連れて都市郊外へ来た祖父は、そこにあった大岩に手を当て、魔法を発現させました。

呪文とか魔法名とかがないんですよ、これが。無言。軽くカルチャーショックです。

厨二《ちゅうに》病的な魔法名！　とか、古式ゆかしき、難しそうな意味ありげな呪文詠唱！　それらがない！　ファンタジー世界の様式美はどこへ行ったのか？　と少々嘆いたりもしました。心の中で。

でも、想像するに、何もない方が使い勝手がいいのは確かです。しかし一方、魔法の暴発など、大丈夫なのでしょうか。私的には【決めごとがない＝高確率でトラブル発生】と考えてしまいます。そこのところどうなのでしょう？　気になります。

さて、そんなこんなで、私が魔法に驚いている間に、状況は変化します。呪文が発動し、大岩はまるでスライムのように液化しました。しばらくスライム状態のままグニャグニャと動き、たまに光ったりなどしながら数分が経つと、なんと一気に人型に変化しました。ターミネーごほごほ……。驚きのあまり、私はむせてしまいました。なぜでしょう？

案山子魔法の最終段階、頭部から強烈な光を放ち、人型への変化が収まり、そこに現われたのは人型、そして二足歩行……ヲイ、これ案山子じゃなくてゴーレム！

今思い起こすと、突っ込みたくて仕方ないのですが、その時の私は、不覚にも、初めて目にする奇跡を前に、唖然《あぜん》として、固まっておりました。

そんな私をよそに、「貴様の名前は、Ａ１３０６号じゃ。指揮官機はＢ34号になる。これより我が指揮下に入るがよい」と祖父が案山子に命じました。するとそのストーンゴーレム（案山子）は祖父に敬礼しました。

音声入力！

案山子は作業小屋の方へ駆けて行きました。迷いもなしに……独自ネットワーク機能でも付いてるのでしょうか……完全にアンドロイドじゃねーか！

ということで、案山子という名の【無料の労働力（高度）】が、祖父の農園における生産力向上の要《かなめ》でした……。案山子って何なんでしょうか？　価値観が……。

ついでに聞いた話ですが、先日、祖父の配下の狩人部隊（案山子のみで構成）が森に向かい、魔物を倒してきたそうです。祖父は笑顔で「魔物が多くなってきたから間引いたのじゃ。下処理も終わったしのう、今夜は魔物肉じゃ！」と平然と言い放っておりました。

……。

ちなみに、このアンドロ……じゃなくて案山子さんですが、領内に多く派遣されているようです。この都市以外にも、領内だけで3万体いるそうです。

領主様は安らかに眠れているでしょうか……おじいちゃんよ、そのままの勢いで国中に普及すると、貴人の皆様が不安で眠れなくなると、あなたの孫は愚考《ぐこう》いたします……。もう王様にでもなっちゃないよ。え？　めんどくさいからヤダ？

……王様になれそうだったんですね。驚愕《きょうがく》です。

さてさて、話を戻します。

そんな食料事情の救世主、案山子さん製造魔法ですが、どうやら私にもうまく継承されたようです。（どやっ！）

ですが、これが難しいのです。

理屈が見えない。現象が分からない。

そもそも魔法力って何ですか？　と聞いたら、先ほどのように、毎日時計塔にお手付きするだけなのです。

説明プリーズです。魔導士っていうのは感覚派なのでしょうか……。

そんなこんなで、今日も今日とて庭に置かれた大きい岩に手を当て、うんうん唸《うな》っております。

もうね、何が難しいかというと……そうですね、私も自分の思考整理のためにご説明します。

まず、魔法の実行自体は結構簡単でした。術を起動したら岩が光るので、発動は分かります。

次に案山子の形成ですが、感覚に従って行うと、形が変化しました。

【アシ○】にね。【ドラ○もん】じゃなかったことにすっごく安心しました。

さて、次は制御機能の追加です。

うん？　関節？　ええ、石です。動きませんよ。おじいちゃん、どうやってたのでしょうか、これ。……そもそも魔法を習得、と言われても、私の中の【魔法回路】とやらに、祖父の【継承術】を利用して、魔法を書き込んだとのことですが、それ自体が意味不明です。

魔法を教えてもらってから、何日も挫《くじ》けず検証し、試行錯誤の末に理解できたのは【魔法回路】とやらは、パソコンで例えるとソフトウェアの役割を果たし、【継承術】はソフトウェアのインストールにあたるらしいです。

今、私がしようとしている【術式の解析】は、同じくパソコンで例えると【コンパイル済みの実行ファイルをノートパッドで開いて、機械語からソフトウェアの仕様を理解しようとしている】行為に等しいということでしょうか。

アンドロイドをリバースエンジニアリングしようとするのは変態の領域です……。

ですが、それでも新しい魔法を開発する人が、この世界にはいます。ということは、この機械語のような人間には意味の分からないものを読解して、整然と理論体系化している人がいるということですね。

異世界舐《な》めてました。変人はどこにでもいるものですね。

閑話《かんわ》休題。

今、私がやらなければならないのは【魔術本体の解析】ではなく、【魔法発動時のパラメータ解析】です。

入力方法は、自らの意思と魔法力でしょう。なんとなく分かります。

あとは何かきっかけが分かるまで、粘るしかないでしょう。

その日も解析がうまくいかないまま、お昼を迎えました。

私は祖父が付けてくれた護衛の案山子と一緒に、街の外へとお使いに向かいます。

3歳児でもできるお仕事です。

映画で見た軍用アンドロイドのような精悍《せいかん》な外見に、高級そうな剣を腰にした護衛の案山子G10号の背中に乗るだけの、とっても簡単なお使い！　ね。

祖父の横暴……じゃない、奇行……でもなく、特殊な行動に慣れたご近所さんも【3歳児がごついアンドロ……じゃなくて案山子に乗って移動する】様子に驚いております。

同い年ぐらいの子供たちが私を指さすも、お母さんたちが「見ちゃいけません」をしています。

……待ってください。それは私の名誉を毀損《きそん》しています。見て見ぬふりとか【関わらない優しさ】はないのでしょうか？

幸い、我が家は西門に近く、あまり人に見られずに街を出ることができました。

ちなみに街を出る際、門番さんたちに怪しまれました。

その門番さんは私の顔を見て「ああ、なるほど」と頷《うなず》いておりました……どういうことでしょうか？（笑顔）　名誉毀損その2。失礼にもほどがあります。共犯扱いですか！

門を出て少し歩くと、目的地では、祖父がアンドロイドたちと一緒に収穫しております。ちようど小麦の収穫のようです。

「おお、マイルズ。どうじゃ案山子の乗り心地は？」

なんと呑気《のんき》な！　私の尊厳が汚されたというのに……。

「そういえば、キュウリのいいところをテーブルの上に置いておいた。店で使う分とは別じゃから食うてゆけ」

「おじいちゃん、ありがとう！　権三郎、基地へＧＯ！　全速力だ！」

「いや、そやつ権三郎じゃないからな……Ｇ10……」

「了解、マスター」

我が愛機【権三郎】が短く返答し、駆け出しました。

トマトもほしいところですが、今日はキュウリで勘弁してあげよう！　美味いんだよ、うちのキュウリ。

スペック以上の速さで駆け抜ける権三郎を、唖然と見つめている祖父が「発声機能はまだ開発されてなかったはずじゃが……」とか小さなことを言ってるようでしたが、無視しましょう。

そのあと、ゆっくりと美味しいキュウリを堪能いたしました。生で美味しいのに、なぜ料理にすると……。そのあと、本日のお使い品を荷車に搭載します、権三郎が。

私は、その間少々暇でした。なので、祖父が収穫した麦わらを眺《なが》めつつ、ふと思いついたので魔法を発動させます。

農業魔法の練習で、物の生成までは行えるようになっていましたので、なんちゃって麦わら帽子を生成しました。

もちろん【発動して光って、次の瞬間には帽子完成！】……なんてことはなく、ちゃんと麦わらを紐《ひも》状にして編み込んでいきます。地味で繊細な作業です。どれも私には不得意分野でした。

……やはり、とても不細工にできてしまいました。

できあがったそれを、そっと権三郎に載せると「坊ちゃんに感謝を」と敬礼されました。

……よくできた案山子さんです。

なんとなく上機嫌になったように見える権三郎に荷車を引いてもらい、街への帰路につきます。そろそろ夕食に向けてお店も開店準備中でしょう。それに間に合うように進んでもらいます。

ね、3歳児にもできるお仕事でしょ？

◆◇◆◇◆

私の名前はリーリア・ゼ・アイノルズ。現役で賢者をしております。

賢者って何かって？

色々あって面倒なのですが、王の魔法関係事項アドバイザー、王都魔法学校の理事長、というところでしょうか。魔法研究者の最高位という理解でもいいです……魔法関連の何でも屋さん、という方もいます（分かっていますね、その方がどうなったか）。

さて、最近のことです。

私の次男のルースに男の子が生まれたのですが、その子がすごい魔法才能を秘めていたのです。私の主人であり、【大英雄】と呼ばれる魔導士のルカスが死んだら「もう二度と本来の形を取り戻さないだろう」とまで言われた【農業魔法】を受け継ぐことのできる才能を持って生まれてきたのです。素直に驚きました。

主人はとにかく【農業魔法】を教える、と意気込んでいます。ですが、私は反対です。

才能が大きいということは、別魔法の才能をも秘めている可能性も高いということです。

失って久しい【大賢者】が用いた【時空魔法】も、もしかしたら、と思ってしまいます。

とにもかくにも【可能性】を【洗脳】で潰《つぶ》してはいけません。

【農業魔法】の重圧に負けた場合の逃げ先がなくなってしまいます。

そして、逃げ先がないと、立ち直ることもできなくなってしまいます。

才能とは素質であって、それを成長させ、形作り、成果とするのは本人の努力なのですから。

私たちはあくまで、この子が成長するのを補助し、導かなければなりません。過剰な干渉は才能をも潰してしまいます。うちの主人にそう諭《さと》すと、一気にシュンとしてしまいます。かわいい人、もうちょっと苛《いじ》めようかしら……。

主人との話し合いのあと、この子が10歳になるまでは、国の重要機密として取り扱うことになりました。それに伴い、主人はこれ幸いと魔導公爵を辞めてしまいました。

農業専念を狙っていましたね……。

そして、我が領地の西の果てにある領都へ夫婦で転居した、ということになります。

私は王都での仕事がありましたが、面白い素材……、ごほん、孫に素質があるのであれば、そちらを優先いたしますとも、ええ。

王都での仕事は、転移魔法で移動して日に1時間程度こなすこととしました。

そういった名目で部下に仕事を押し付けたとも言いますが、きっと気のせいでしょう。

さて、私たちの孫、面白才能被検体マイルズちゃんは、3歳になりました。

最近魔法に興味津々《しんしん》です。

困ったことに、うちの主人もノリノリです。

まずは魔法力操作のため、時計塔の魔法力集積装置に魔法力を流させます。

すると、あっさり1万人分の魔法力を放出しました。

やっぱり【農業魔法】のみでは、この才能もったいないな……くふ。

昼に代官がお礼を述べに来ました。「これで下水処理機能をフル稼働できます」と。そこまで魔法力が溜まりましたか。1本じゃなかったのね……。

これは予想以上に厄介《やっかい》なことになりそうです。暗殺・誘拐、色々起こりそうですね。私やうちの主人と全面的に敵対しても手に入れるだけの価値が出てきそう。

そんなことを考えているとマイルズちゃんが帰宅です。

ん？　案山子が喋りましたね。

ほう、そのお帽子はマイルズちゃんが作ったのですか、素敵ね。

ん？　案山子から帽子を取ろうとしたら、嫌そうな顔をされましたね。

表情筋？　そもそも感情機能……。マイルズちゃん、お願い、今日はもうお外に出ないで、明日でお願いね。

……3歳でこれとは、大いに期待が膨らみます……どんな化け物に育てようかしら♪

楽しみ……。

◆◇◆◇◆

『異世界といえば、チートっすよ！』

こんにちは、マイルズ（３歳）です。

冒頭の台詞は、会社の後輩君が楽しそうに語っていた言葉です。

先日、現在の私の境遇を鑑《かんが》みていた時に、ふと思い出しました。

あれは、企画部との打ち合わせのために本社ビルに行った帰りだったかな……ていうか、なぜかあの時の昼飯、私のおごりだったな。ハードな会議のあとだったからか、油断してました。

……さて、その後輩君曰く、

「異世界行ったらリアル【見た目は子供、中身は大人】と【先進技術で中世文化に革命】ができますよ！　生まれながらの勝ち組っす！　俺、呼ばれねぇかな？」

いや君ね、一応うちの会社に入るって、結構な勝ち組なのよ？　同期とか、周り見た？　超一流大学の出身者や、国内で数人しか持っていない、特殊な資格を持つ技術者とか多いんだよ？　あと給料も他の会社よりいいし。先端ビジネスにも関われるのよ？

私は後輩君がなぜ【異世界】に行きたいのか、理解できませんでした。

そんなことを思っていた私が今、……なぜか、その【異世界】にいます……。

後輩君、私にはいまだに良さが分かりません。

というかね、後輩君。君が言っていたこと、全部不可能だったのですよ。

まず、【見た目は子供、中身は大人】と言われても、結局は、子供は子供なのです。大人なら分かるかと思いますが、知恵のある子供も、知恵のない子供も、大人から見れば皆一緒なのです。

なぜかって？　知恵があっても経験がないから、それを活かせないのです。知恵を生かすために【必要なもの】、それは本人が培《つちか》ってきたバックグラウンド、キャリアとも言いますが、それが子供には致命的にないのです。

社会では、信用がなければ何も成しえません。これは資源の少ない中世では、より大事なことです。なにせ、食べるのにやっとの社会で、未知のことに挑戦するなど、よほどの勝算と覚悟なしではできないのです。失敗すれば関係した数名が餓死、などということがありえる社会なのです。慎重になり、勝率を考えるのは当たり前とも言えます。

ですので、中身が大人でも、結局は子供なのです。知恵があろうがなかろうが、子供では信用は得られないと結論します。信用がなければ勝算もないのですよ。

次に【先進技術で中世文化に革命】でしたっけ？

基礎工学も素材開発もままならない状況で、本気で言っているでしょうか？

よしんば、ご本人ができたとしても、他人ができないのでは意味がありません。

「変人が変なもの開発してる〜」と指さされて、街の嫌われ者コース一直線です。

そもそも、そんなものに理解を示し、共にリスクを背負ってくれる中世の人間がどれほどいるのでしょうか。もしいたとしても「奪ってしまえ」となります。１００％です。

後輩君の話を聞いて思いましたが、チートを期待される方は、脳内にお花畑をお持ちな気がします。技術面もそうですが、人材面について、特に権力者を舐めていらっしゃるようです。

権力者、怖いですよ。

会社にいた頃は、手練手管《てれんてくだ》を駆使され、いつの間にかはめられて左遷、なんてこと、ザラでしたからね。若手の時、課長の隣の席だったのですが、異動の社報が出るたびに、面白そうに解説してくれました。本社の部長が地方転勤になった裏話など、聞かなければよかった。その10年後、その部長の関係者とご縁ができ、課長の推測が事実だったと裏が取れたのですが……。

現代の優しい日本ですら【こう】なのです。

「中世ヨーロッパのような～」というなら、察してほしいものです。

「中世」といえば、彼らが用いた手口は奴隷です。

圧政に苦しむ市民へ「お前らより下で、弾圧していい階層がいるんだ。まだ君たちの方が幸せだろう?」とか、「我々以外は人ではありません。奴隷とは、神がもたらした資源なのです。どう扱おうとも、神の代行者たる我々の権利です」とか平然と言ってのけた時代です。舐めてはいけないのです。そんなところで異邦人として目立ってしまえば、権力者に目をつけられてしまいます。私も気を付けねば。

私も命が惜しいので、早めにチート対策をいたしましょう。

○チート対策～その壱～：難易度★【その魔法力！　地球からの転生者は化け物か！】
「三つ子の魂百までって言うじゃないですか？　つまり！　乳幼児から知識のある転生者にとって、体が作られる期間中に魔力を練って限界突破させておくと、そのあとがイージーモードっす！」――これも、後輩君談。

これについては幸い【気付いた時には3歳だった】ので、まだまだ回避可能です。

何というか、時計塔でも思い知っていますが、魔法力の吸収が1分と続かないのです。

農家の嫁、つまり一般人である私の祖母でも、余裕で1分を超えます。

私の目標としては、祖母と同じ程度で抑えればよいということです。

これは余裕がありそうですね。

○チート対策～その弐～：難易度★★【その体、素材良すぎ！】
「あれっすよ、鑑定とかの便利スキルが、初回特典や転生特典でついてきて、簡単な努力でスキルが湧いてくるんですよ。レベルとか経験値も倍増とか、お得な特典付きっす！」――またもや、後輩君談。

スキル？　経験の伴わない力なんてないに等しいのに、何を言ってるのでしょうか……。

あと、レベルって何ぞ？　ＲＰＧか！　生きることはゲームではないのですよ？

あと生物にそんな分かりやすいシステムがあってたまるか！

鑑定……、ですか……。生えるんですかね？

よしんば生えたとして、どこから情報が湧くんですかね？

その情報、正しいですかね？　正しいって誰が保証しているんでしょうか？

騙《だま》されていませんか？　大丈夫ですか？

変な力は使わない。よし！　心に刻もう。

○チート対策～その参～：難易度★★★　【前世知識で製造チート♪】
「鍛冶《かじ》スキルとか料理スキルとか、素材集めてぶわぁ（笑）って感じで、製造完了。職人が1カ月以上かける仕事を一瞬で完了です。ついでにコピースキルで大量生産！　ガッポリ大儲けです！」――これもまた、後輩君談。

……あいつ、よくうちの会社に入社できたな……。まぁ、私も三流の新設大学出身なので、他人のことは言えませんがね。

とにかく製造業を馬鹿にしまくったチート。非常に殺意が湧きますね。

先日、案山子製造魔法で、私の祖父が似たようなことをしていたような気もしますが……オーバーテクノロジーは対象外、ということにしましょう。……そうしなければ身が持ちません(遠い目)。

……農業分野における【農業魔法】って、後輩君が言っていたチートと同じような気がしますね。祖父の陰に隠れるように、に気を付けねば。

○チート対策〜その四〜：難易度★★★★【前世知識で内政チート♪】
「王様から領地もらって内政頑張るんすよ。手押しポンプやノーフォーク農法や、楽市楽座とか頑張って、田舎を一大都市に！　もちろん人材は、民主主義を採用して上手に発掘！　そしてゆくゆくは王様！」——またお決まりの、後輩君談。

王様から領地を、ですか。たぶんそれは戦争の功績。とすると、相手国から奪った領地でしょうね。

つまりは交戦国との緩衝《かんしょう》地帯。

住民はほぼ逃げ出したうえに、中世の習わしで【奪った土地の略奪《りゃくだつ》は権利】(実際に勝ち負けも分からず、報酬の確約がなかったため、日本以外の国では、近世まで戦争に参加した兵士にとって、占領した土地の略奪は一般的な行為です）と言われていますので、荒廃した大地が待っている。うん、ハードモード。

で、【手押しポンプ？】

……ああ、うちにもありますよ。魔法道具に駆逐《くちく》されて錆《さ》びついたポンプが。

【ノーフォーク農法？】

私の祖父を何だと思っているのですか？

この都市には農業大学があり、また祖父の農地には大規模な実験農場があります。研究者だけで結構な人数がいましたね。

恐るべき豪農！　……農家なんですかね？　農家なんですよね？　祖父よ、なぜ目をそらす！

あと、異世界なのですよ。魔法があるのですよ。なぜ簡単に、同じ法則で世界が回っていると考えられるのでしょうか？

【楽市楽座？】

残念です。うちは交易都市ではなく、農業都市です。そもそも緩衝地域を領地でもらう予定なんですよね？　そんな無茶な経済特区を設置などしたら、ただでさえ少ない商人が、危険を感じて寄り付かなくなりますよ？

【民主主義？】

ご存じでしょうか。近代まで、民主主義が衆愚《しゅうぐ》政治と呼ばれていたことを。民主主義を成立させるには、民衆の高い教育水準と情報インフラの整備が必要です。ここが中世であれば、諸々のコストを考慮し、一部特権階級に特殊教育を施し、特殊業務につかせるのが一番効率的であるのは否定しづらいのです。現代で成功したことが、こちらの世界で成功するとは限らないのですよ。バックグラウンドを理解しないで元の世界の常識で行動すると、大変なことになりそうですね……。

【一大都市にして王様？】

反逆希望ということですね！

なるほど、敵国の近くで気脈を通じて増援、とかですな！　勝っても負けても命がないような気がします。「いのちだいじに！」という言葉を送りましょう。

ということで、今は魔法力とかヘンテコスキルとか、間違っても生やさないに留意しましょう。

あと、後輩君の話を聞いていた当時、彼の言っていた【鑑定】の妄想トークを聞きながら『こいつの頭を鑑定できたら便利だな』と思っていたのは内緒です。うん、そして今の私に【鑑定】は不要です。

ということで、今日も今日とて、私は地味に魔法を練習中です。

先日から、権三郎がいい感じでお手伝いしてくれます。あ、その石、いい感じですね。持って帰りましょう。ふう、周りの視線を集めますが、変なのは祖父であって、私ではないのです。私はかわいくて無邪気な普通の幼児。皆さま、そこのところをお間違えなく。

では、お家に帰りましょう。

◆◇◆◇◆

俺の名前はルース・アルノー、32歳だ。この都市で料理屋をやっている。

今、昼の忙しい時間だが、親父とお袋に呼び出され、妻のミホと一緒に裏庭にいる。

「親父、何の用だ。研究素材のドラゴン狩りなら夜言ってくれ。今は店が忙しいんだが」

親父とお袋の視線の先では、我が家の三男・マイルズが、親父の案山子と一緒に土いじりをして遊んでいる。ん？　あれ土いじりだよな？　【探査魔法】で素材抽出、じゃないよな？

「ふむ、お主《ぬし》が見たものは錯覚ではない」

マジかよ、まだ3歳だぜ、うちのマイルズ。生まれた時から才能が！　という話は聞いていたが、そこまでか……。

横を見ると、妻のミホが沈痛な面持ちだ。そりゃな、子供が力を持つ危険性は、世の中誰もが知ってるよ。

しっかし、なぜうちの子なんだ？　かわいそうで泣けてくるぜ。

「ルースよ、ミホよ。さらに驚くことを見せてやろう」

そう言うと、親父はマイルズを呼び寄せた。

「なーに？」

かわいい盛りのマイルズは子犬のように駆け寄ってくる。うん、いい子だ。

「権三郎も調子はどうじゃ。役に立っておるか？」

ボケたか親父？　案山子に声かけたって返答なんて……。

「面白いよー。もうちょっとで関節の材質変化ができそう！　もっと素材集めないとだけどね、えへへ」

「創造主殿、この権三郎、マスターであるマイルズ様の安全のため、日々尽力しております」

……案山子が……喋った……。しかもかなり流暢《りゅうちょう》に……。

「うむ、良きかな良きかな。マイルズ。あと1時間したら収穫物を取りに行くから、爺と一緒に畑に行こう」

「うん！　じゃもうちょっと遊んでいるね！」

俺たちの天使、マイルズは、笑顔で庭をテクテクと駆けていく。そのあとを、案山子が追いかける。

……くそっ。神ってやつは、なんてことしやがる！

決めた！　何の神かは知らんが、今日から俺の敵だ！　うちの息子に妙ちきりんな力を与えやがって‼

「さて、２人とも認識したな？」

親父の言葉に無言で頷く。

「この力、権三郎の会話能力についても、家人の前以外は禁止しておるが、お前たちも気にしてやってくれ。あと、他の子供たちにも言って聞かせるのじゃぞ」

「ああ」

力なく頷くしかない。色々と気になるが、その道の専門家であるお袋が妙に嬉しそうな表情でマイルズを眺めているので、追及はやめておこう。

「貴方……」

ミホが、マイルズに降りかかるであろう、今後の困難を悲観し、俺にしなだれかかってくる。

俺は支えなければならない。妻を、子供たちを。それが父親ってやつだ。

マイルズ、お前が笑って生きていけるように、父ちゃんも母ちゃんも頑張るぞ。

俺がそう決意すると、ミホも同じように決意したのであろう、俺の服を掴《つか》む手が強くなり、決意に満ちた眼差《まなざ》しで頷き合った。俺たちは愛しい末の息子（マイルズ）を見る。

◆◇◆◇◆

「ポチ〜〜〜、タマ〜〜〜〜〜〜」

スカイブルー一色に染まる、春の青空。

皆さんこんにちは！　どことなく晴れやかな気分のマイルズ（3歳）です。

今日は南門から出た先の【獣人特別区域】へ、お出かけの日です。

【獣人特別区域】とは、大戦時に共闘し、意気投合した祖父と獣王の間で、友好を保証するために設けられた地域です。

この【西の領地】と呼ばれる広大な領地、その中心地に飛び地のように存在する獣人のための区画は、常時王族が駐在し、領内の状況を監視しています。この【西の領地】への攻撃は、獣人国への攻撃、それも獣人たちから最も怒りを買う【王族への攻撃】ということになるため、王族の常駐は、そういった戦乱を防止する抑止力になっているそうです。

そして本日は、かつて結ばれた友好条約を確認する日、……一説には、祖父の野菜と父の料理を楽しむ日、とも言うそうです。

さて、本日の獣人側参加者は、獣王様とその側近さん、それにお子様方、ポチとタマです。

人間側は、領主様と祖父と私です。

……あれ？　領主様のお子様は？

ふむ【領主∧豪農】なのですかね……。恐るべし【農業魔法】！

まぁ、これが初めてではないので、いいのですがね。

私とポチとタマの出会いは1カ月前になります。

この交流会では、大人と子供に分かれて相互交流を行うのですが……。お二人とは、前回参加した時に初めて出会いました。出会った時はかわいらしい女の子でしたのに……、本日は初めから【お犬様・お猫様モード】なのです。

獣人は、その日の気分で姿を変えるようです。あ、こらポチ、甘噛みが強いですよ。……ん、いいですよ。気にしてませんよ。そんな捨てられた子犬みたいな目をしないでください。罪悪感に苛《さいな》まれます。

「さて、何をして遊びましょうか？」

「バウ！」

なんと、戦闘訓練ですと？　どこまで戦闘民族なのですか……貴方たち。

「ダメです。ポチも女の子なのですから、お淑《しと》やかにね」

そう注意すると、ポチの反対側からタマが主張します。

「ガウ！」

「貴方もですか、」（、ロ´）「　ヤレヤレです」

どうやらこのお姫様たちは、本気で本能から抜け出せていない畜生のようですね。

「バウ！」

ポチが一吠えすると、ポチとタマが同時に距離をとります。

否応《いやおう》なしにやるつもりですか。

まずいですね。こちらは、体力のない3歳児。相対するは、既に大型犬の領域まで育った犬と猫。勝てる気がしません。

「どうしてもやるんですか？」

一応、最終確認をすると、ポチもタマも小さく頷く。

モフモフ動物との憩いのひと時を求めてやってきたのに……。何がいけなかったのでしょうね……。仕方ありません。あれをやると面倒くさくなるのですがね……。

「どうしてもやるというのなら、1つ条件があります」

「バウ！」「ガウ！」

ほう、かまわないのですね。

「言いましたね。言質《げんち》は取りましたからね」

「バウ！」「ガウ！」

男のくせに女々《めめ》しい、とは厳しいお言葉ですね。

「じゃ、終わったら、お二人とも、臭いので洗います。決定です。権三郎、準備してきてください」

「バウ⁉」「ガウ⁉」

「了解、マスター」

「臭い」と言われて愕然とするお二人をよそに、護衛である権三郎に、遊び終わったあとの作業の準備をお願いします。平たく言うと、大きな桶と給湯魔法道具と各種タオルとペット用せっけんです。おかげで今日は大荷物でした。

「バウ？」「ガウ？」

意訳しますと「臭い？」「臭うのかな？」と互いに臭いを嗅《か》ぎ合っております。かわいいものです。ほっこりとします。まさに癒されます。

ほどなくして、後ろ髪を引かれながらも、お二人は所定の位置へ戻ります。

さぁ、私も準備しますか……。

実を申しますと、私、日本にいた時から、他者と一線を画す特技？　があります。

それはとても厨二くさい特技、言ってしまえば【大人として恥】な行為です。ですので、もう中学の頃から、極力そのような状態に陥らないよう、努めて参りました。

ですが、時々やってしまうのです。本当に怒りを覚えた時とか、本気で相対しなければならない時などです。

特技は、いわゆる【ゾーン】と言われる行為です。

最近スポーツ選手の特集などで、ドヤ顔で「その時、ゾーンに入っていました」と聞くことがあります。とっても赤面してしまいます。同時に抱腹絶倒です。

まぁ、私もこれからそれをするのですが……。はぁ、気が重いです。

さて、そろそろ【ゾーン】に入りますか。

……意識すると、ふっと世界から色がなくなります。

実際はなくなりません。それは周囲のあらゆるものに向けていた【感情という色】がなくなり、単純な物質として見え始めたことを示しています。

それが何をもたらすかというと、全て自分基準で完全に【数値化】された世界、そのような世界に没入すると言っていいでしょう。

現在、私は「私とポチの間、4」と認識しております。

「4メートルってこと？　厳密には違うかもよ？」と通常なら考えるでしょう、ですが私の【ゾーン】状態はそれを許容しません。なぜなら「器の小さいものの戯言《ざれごと》」と完全に流せるからです。私が4と判断したら、それが絶対なのです。

もちろん、相手の動作で自分基準の数値は微動します。ですが、基準は絶対です。

「基準が間違っていたら、世界がそれに合わせるべきだ」

そう言い切れるほどに、今の私の世界は無駄が入り込む余地がありません。

成獣した大型犬並みのポチとタマは、【ゾーン】に入り、余力が抜けた私に警戒の色を強めます。私が音もなく半身引いただけで、お二人は隙《すき》を見いだせなくなり、戸惑っているようです。

動物の本能で悟ったのでしょう。愚か者のように突っ込んでくれば簡単なのですがね。

……いや、それも個人的に嫌ですね。【ゾーン】の反動があれですしね……。

「グルル」と喉を鳴らしながら、私を中心にポチとタマは円を描くように移動していきます。攻撃する機会をうかがっているのでしょう。そしてその機会は、タマがちょうど私の真後ろに回った時に起こりました。

ん？　なぜ真後ろと分かるかって？　私の【ゾーン】とは【そういうもの】なのです。開始前にタマのスペック・思考パターンは把握済みです。タマとポチは油断なく対応している……ようですが、足音や呼吸などで、お二人の位置の把握は容易にできます。私の【ゾーン】では、ですがね。

まぁとにかく、タマが私の真後ろに回り込んだ、その時です。

ポチとタマは、同時に私に噛みつこうと飛びかかってきます。

3歳児では、いえ標準的な人間では、この攻撃をかわすことはできないでしょう。たとえ武器を持ち、リーチがあったとしても、片方を迎撃するうちにもう片方に抑え込まれます。万事休す、といったところですかね、私以外では……。

目前に迫るポチの目を見ます。勝ったと確信している目です。

(クダラナイ獣デスネ)

【ゾーン】を使っているせいで、氷点下まで落ちた私の心の中で、「クダラナイ」という思考がマグマのように沸々《ふつふつ》と熱を持ちます。まだ早いです……。

その時きっと、ポチは奇妙な感覚に襲われたことでしょう。

勝利を確信し、自らが飛びかかった獲物。その【軽く延ばした、決して速くない手】が、それは獲物自身を守るのではなく、今まさに首を食いちぎらんとしている、強者であるはずのポチに向けられてきたのですから……。

しかもポチは、それを認識しながらも抵抗できません。その必要性を疑ってしまったのでしょう。思考が働けば、感覚だけで行動を変える根拠が乏しくなる、つまり、即応性が下がります。

ポチにとってこの一瞬は、とても長く感じたことでしょう。

私は、想定通りの距離、想定通りの力、想定通りの速さで手を添え、体を反転してポチの腹部に滑り込ませます。そしてポチの勢いそのままに、一本背負いのようにポチを受け流し、後方から迫りくるタマへ、勢いそのままにポチを投げつけます。

ゴン！　という轟音《ごうおん》と共に、２匹は正面衝突し、地に倒れ伏します。

ビクンビクンと動いているので、そのうち意識を取り戻すでしょう。

さて、問題はここからなのです。【ゾーン】に入るのはいいのですが、今までも、たぶんこれからも、満足な勝負にはなりません。それは【極限に感情を凍結させた集中の世界】から【不完全燃焼】をもって通常意識に戻るということです。つまり、冷静になった反動で、より強く感情を爆発させてしまうことになります。いわゆる【厨二状態】なのです。

「……ふふっ、ふはははははははは。……つまらん！　もっと俺を楽しませろよ！　これで終わりか？　なら初めから絡んでくるんじゃねぇ！　くそ雑魚《ざこ》が！！！」

いやーーーーー！　くっ、殺せ！　このまま惨《みじ》めに生きるより、死んだ方がましです。

全能感の反動により【イキった】感じの私の言葉は聞こえないでほしいのですが……。

……私の怒号を聞いて、ふらふらと立ち上がるお二人。

「来いよ。今度こそ俺を少しでも楽しませろよ！」

くっ、殺せ！　完全に聞かれたよ。もう街の中を歩けないよ……。

そんな厨二全開のマイルズ君（すみません私です）を前に、ポチ・タマコンビは静かに……お腹を見せてきました。

「マスター、準備完了しました」

権三郎が私の肩に手を置いてきます。するとそれまで体の中で暴れていた何かがスーッと標準値まで落ち着いていくのを感じます。

気が付くと、脱力のあまり跪《ひざまず》き、頭を垂れていました。

しばらくすると、とっても申し訳なさそうに、ポチ・タマコンビが寄ってきます。

慰めは無用です……。余計に惨めになります。これだから【ゾーン】などに入りたくなかったのです。

「ふーっ、じゃ！　洗いますよ！　もう無駄に張り切っていきます！　そしてお二人の臭いを消してしまいます！」

吹っ切りましょう。割り切り大事！　過去は消せないのです。こうやって人間は強く生きていかなければいけないのです。

「では、タマは待っていてください。ポチから行きましょう」

すると2人は借りてきた猫のように静かになりました。

ポチは「ほんとにやるの!?」と愕然としながら周りをキョロキョロ見まわし、落ち着きがありません。結果として、タマに視線が行きます。ポチが無言で「助けて」と言っているのが分かります。

「権三郎、ご招待だ」

「承知しました。お嬢様、失礼いたします」

そういうと否応なしに、ポチお嬢様は、温《ぬる》めのお湯が張られた桶に連行されていきます。

ポチは権三郎に抱き上げられ、呆然《ぼうぜん》としています。

タマは、次は自分だというのに、目の前の現実から目をそらすように、横の何もないところに視線を向けています。ダメですよ、タマ。逃げたらもっと念入りに洗いますからね？

実は私は、日本にいた頃に、ペットを飼うことに憧れておりました。

ですので、前回お会いした時に、人間形態では綺麗にしているのに、獣形態では野生の汚いままのお姫様たちとお会いした際に『ぜひ洗いたい』と思ってしまいました。そう、洗ったうえでモフりたい、と考えておりました。

ですが、獣と人ではせっけんが違うのです。日本のようにペット専門店もありません。獣人の皆さんも、街では獣状態にならないので、人間用のせっけんで十分なのです。

獣状態になっている時は、人間状態の時のように過剰に洗うという意識がなく、野生の臭いが自然で気付かない。そのため、獣用せっけんは、これまで需要もなく、研究もされていなかったようです。

ですが、綺麗になったお二人をモフりたく思った私は、祖父の研究所へ突撃しました。

そして、獣人の研究者に正直に話して研究してもらいました。

1カ月で完成させてくれたのは、獣人研究者さんのやる気を引き出すために、獣になったもらったうえで周りの研究者の皆さんに「くっさ」と言ってもらえたからでしょう。

……ちょっと酷《こく》なことをしましたかね。

さて、主に権三郎に洗ってもらいましたが、お二人を洗って（人間のように洗いすぎてはいけないと強く注意したうえで研究者さんに、いけにえ……じゃなくて練習相手になってもらいました。ですので完璧なはず）もらい、気持ちよさげなお二人をタオルで拭いたあと、ポチ・タマの護衛の方に乾燥してもらい、さあ、モフモフタイムです。

ふぅ……。今日は精神的な傷を負いましたが、いい日でした。

ん？　お土産《みやげ》にせっけんがほしい？　ええ、あげますよ。たくさん持ってきたので、お家の方にもいかがですか？

そんなに喜んでもらえると、こちらとしても嬉しいです。これを生み出すためにお星様になった研究者も浮かばれます。おっと、冗談ですよ。

◆◇◆◇◆

控えろ人間ども、我は由緒正しき獣人王家の第一王女、ホーネスト7世である。

ちなみに6歳である。

今日は、先月我と、宰相の娘ネロに向かって「ポチ・タマ」発言をした小僧にお仕置きをせねばならん。我ら獣人族は、半精霊と呼ばれる人形態と獣形態の2つの形態を持つ、神の眷属《けんぞく》ぞ！

それをことともあろうに、あの小僧のやつ、「ホーネスト様……じゃなかった。ポチ。お手」だと！

ついうっかり、華麗な動作で手をのせてしまったではないか！

くっ、これは我が一族末代までの恥。恥は自分で雪《そそ》がねばならん！

ネロ、貴様もそうであろう。うむ、そうか、お主もそうか。お主も「ネロ様……じゃなくてタマ！　猫じゃらしだよ～」って弄《もてあそ》ばれたのだったな……。ふふふ、今日は初めから獣形態で行こうぞ。あの小僧、我らのひと吠えで、きっと漏らしてしまうだろうよ。

くくく、楽しみじゃ。

がおーっ！　噛むのじゃー！

……あ、すみません。調子に乗って噛んじゃった。ごめんなさい……。

……待て！　待つのじゃ儂！

今日は小僧を痛い目にあわせに来たのじゃ、噛んで当たり前じゃ。上下関係というものは早めに決めておかねば！　これ常識じゃ。

ぬ、我らの提案に「やれやれ、子供はしょうがないな」という態度とは何ごとか！

我らの方が年上じゃ！　本来は身分も上なのじゃ、敬え！

……なんと単なる上下関係を決めるだけのことに、条件を付けると……。

何、臭い？　おっ、乙女に向かって何ということを！

ネロ、我、臭くないよな？

ネロも臭くない……と思うぞ。獣状態は野生こそ重要じゃ。

臭いなど、本当に気にならないんだからね！

さて茶番もしまいじゃ。少し痛い目にあってもらおう！

……ぬ、我の本能が、行ってはならぬと警告しておる。小僧の様子もおかしい。

たかが人の幼児。予定通りちょっと驚かせて泣かせてしまうだけじゃ。何を恐れることがない！

……ふっ震えが止まらん。何じゃあの目。怖い、コワイ。だが、我の誇りにかけて行くしかない！

気付くとネロと正面衝突していた。ぶつからぬ軌道だったはずなのに、方向を変更されて投げ飛ばされた。そして小僧がこちらに向かって強烈な殺気を向けておる。

コロサレル。

何を言っておるか分からんが、降伏せねば無残にコロサレル。小刻みに震えながら我とネロは同時に腹を見せる。

もう無理じゃ。人間コワイ。

そのあとはもう、なされるがまま。洗われて、乾かされて、モフられた。

人間状態であれば乙女の危機だが、獣状態では問題ない。むしろ爽快じゃ。

初めネロに裏切られて絶望したが、よい土産ももらったし満足じゃ。

おい、ネロよ、土産は我が3で主は2じゃ。なんでって？　王女が助けを求めたのに、目をそらしたじゃろ？　我、とっても傷つきました。当然の権利じゃろ？

さて、お城に帰ってから、両親へ交流会でのことを報告したのじゃ。

むろん、我らが負けたことは言わなかったが、あの殺気に気付いていたらしいので、全てバレバレなのじゃろう。

そうそう、父上、獣状態になっていただけないでしょうか。

……くんくん。うむ、獣臭い。

父上、今日は丸洗いしてあげましょう！

え？　人用のせっけんは一度酷い目にあったから嫌？

大丈夫なのです。あの、マイルズとかいう小僧が、これを持たせてくれたのです。

ん、なぜ母上が、せっけんをひったくっていくのですか？　というか、先ほどまで、結構遠くで見ておられましたよね？

そんなやり取りがあったあと、我が家では父上の「娘に丸洗いしてもらえる日が来るとは、感激じゃーーーーー！」という叫び声と、母上の「交易品が1つ増えましたね。開発者の獣人研究者をこちらに招けないかしら。何で釣れるかしらね。ふふふ」という、聞くものを凍らせる、相反する2つの声が響いておった。

我は我で、来月のリベンジに向けて体を鍛えるのじゃ！

えっ？　来月は来ないの？

……くーん。

3章　マヨネーズの受難

綺麗な満月を部屋から眺め、雰囲気を作る私。そう、マイルズ（3歳）です。

皆さんに、眠気を我慢しながら訴えたいことがあります。聞いてください。

……柔らかいパンが……食べたいです。切実に……。

あ、やめてください。強制的にベッドに寝かせないで。ぐあ、その優しいリズムでポンポンしないで……眠く……zzz。

おはようございます！

朝になりました。

そして、毎朝のように顎《あご》の訓練か！　と突っ込みたくなるような硬いパンと向き合っております。……柔らかいパンさん、貴方が恋しくてたまりません……。

本当に望むことは『日本のお米が食べたい』なのですが、現実的ではありません。

もう、硬いパンには限界間近です。マジか、なのです。硬いパンは無理、無理なのです！

パンは、昔、元嫁と一緒にお料理教室で作ったことがあります。元嫁はなぜだか失敗しておりましたが、私は美味しく作れました。

この硬いパンを前にするとウズウズします。パンよ、どうして君はそんなに硬いのか？　ということで、先日、うちの店の従業員に、パンの焼き方と材料を聞きました。

結果、フランスパンと同じ製法でした。……硬いはずです。

しかし、期せずして我が家には……、というか祖父の農園には、素材が揃っております。

一番の懸念であった砂糖も、祖父がアンドロイドを派遣している領内の北の村で、テンサイの栽培をしており、一定量の砂糖の入荷を確認しております。

なのに、恨めしいことに、この身は3歳児にて、料理に関しては何もさせてもらえません。

子供だってできるもん！　……いえ、すみません。できません……。

そうだ！　会社でも何でも、全て自分でしているわけではなかった。自分ができることと、できないこと。ではなく、自分がすべきことと、しなくていいこと。そちらを判断すべきでした。

なんということでしょう、基本の【キ】を忘れていたなんて。

「ということで、私の代わりにパンを焼いてくれませんか？」

「すみません、坊ちゃん。料理長から固く禁止されておりますので……」

上目遣いの必殺エンゼルスマイルも、従業員さんに軽くかわされてしまいました。

……父が、既に動いていた……だと。

……抜かった。父はただの料理馬鹿だとばかり思っていました。

自営業のオーナーは伊達《だて》じゃない、ということでしょうか。

他の手を考えなければ……しかし私、マイルズはまだ3歳、コネクションはないに等しく、ごり押しできるだけのネゴも持ち合わせておりません……。

もう……諦めなければならないのでしょうか……、柔らかいパン……。

私のいつもの定位置である、裏庭で途方《とほう》にくれます。

あ、もう少しで雨が降りそうですね。母に教えてあげねば。

母の横で洗濯かごを持って、お手伝い中にそっと探りを入れてみます。

「お母さん」

「な～に、マーちゃん」

……お手伝いをする幼児……。つまり、好感度上昇中。ここです‼　ここが勝負どころです。

「お母さん、柔らかいパン、食べたくなーい？」

ドキドキです。

洗濯ばさみを取り外す母は無言です。……なにげに怖いですよ？　日本で厳しい上司に失敗を報告する時のような、そんな緊張感があります。

もしかして父より、母の方が鋭い人なのだろうか……。

「……食べたいわね」

今の間《ま》は何でしょうか。恐ろしいです。

私は話してはいけないことを、話してはいけない人に話してしまったのでしょうか……。

「そっ、そう、実はね！　おじいちゃんの研究所で、パンを柔らかくする方法を研究者さんに教えてもらったんだ‼」

嘘です。私が研究者さんに教えてきました。

研究者さん、パンが柔らかくなって感激していましたが、所長さんに報告して戻ってきたら「自分はやっぱり硬いのがいいです」とか、ぬかしやがりまして、ええ。そのあと作ってくれません。ちっ、使えねーな。……おっと、暴言でした。

「へぇ～それはすごいわね。1回ぐらいなら食べてみたいかな～」

すごく品定めするような視線を感じます。女性は勘が鋭いから、何か感づいているのかもしれません。

「でもね」

ぐっ、条件付けが来ますか。

「マーちゃんがお料理したらダメよ」

「うん、僕はお料理しないよ！　危ないからね」

「研究所の職員さんもダメよ」

「つぐ、だっ大丈夫だよ！　あてはあるもん」

はい、すみません。ございません。

「じゃ明後日《あさって》、お店が定休日だから、朝からやりましょうか！」

母、すっごい笑顔。

「わっわーい！　頑張るぞー！」

何か【進むも地獄、戻るも地獄】な状況になってしまった気がします。

なぜでしょう、思惑通りの展開のはずなのに、なぜか母の掌《てのひら》の上な気がします……。

でも、やるしかないのです。柔らかいパンを手に入れ、やがては惣菜《そうざい》パンへの道を開くために！

あ、その前にサンドイッチですね。うん。夢が膨らむ！


そして、翌日の朝食となりました。

今日も今日とて、いつものメニュー。この料理、実は長男のザンバことザン兄が作っていたことが発覚しました。

尊敬していたかっこいい兄なのに……、一気に評価が下がりました。

もう私の心の中では彼のことを【残念な兄さん】略してザン兄と呼んでしまっております。

……それほどまでにあの料理は罪深いのです。

はたして、父の料理はいかほどなのでしょうか……。

興味が湧きますが、家庭では一切作らないそうです。

「家では家族の愛情料理が食いたい！」とか、職人ですね。

正直、尊敬の領域ですが、しかし、なぜ母が作らないで、ザン兄が作っているのでしょうか？　気になります。ザン兄の料理経験値のためでしょうか。それとも……さらなる惨劇が……なのでしょうか。

さてさて、話を戻しましょう。

本日は朝食後、私の【柔らかいパン】の作成および試食会が催《もよお》されます。

この日のために、私はコックを雇いました。素材も事前に集め、仕込みもしてあるので、準備万端です。

私の新作パンのために、朝食後も皆さん食卓にお残り中です。時間がかかるので、パンの一次発酵までは早朝に父が付きっきりで作業してくれており、完了しております。これからパンを焼く予定です。

試食待ちのメンバーは、祖父、祖母、父、母、ミリアム姉、ザンバ兄、バン兄の我が家全員です。

ミリアム姉（10）、ザンバ兄（9）、バン兄（6）は普段は学校の時間ですが、本日は創立記念日とかでお休みです。

……それでは本日のシェフをお呼びしましょう。

「では、本日、柔らかいパンを作ってくれる料理人を紹介します！」

食卓を囲む私専用の椅子（ファミレスで子供が座るシートが高い椅子をご想像ください）から立ち上がろうとして、バランスを崩して机に手をつきます。

周りからの心配そうな視線と、微笑ましく見守る視線が、私に向けられています。

ミリ姉。いつも騎士を目指すぞ！　と雄々しいあなたですが、今は私が心配で、挙動不審になっているのはなかなかかわいらしいです。

王都に行ったら、間違いなくアイドル騎士になれます。……どうやって裏から動けばよいでしょうか。祖父も祖母も、昔王都にいたらしいので、コネ全開でお願いしたいところです。不肖このマイルズ、謎の【P（プロデューサ）】として手腕を振るって見せましょうぞ！

などと面白企画を考えつつ、体勢を立て直し、私は何事もなかったように手を2回、叩きます。

裏庭につながる扉が開き、我が料理人が登場です。

「お呼びでしょうか、マスター」

「うん」

ええ、皆に分かるようにドヤ顔です。

だって使える大人、のようなもの、もう権三郎しかいなかったのですよ。

なお、先日の獣王様とのお茶会時にも、執事として参加させました。最近は服を着ているのが基本です。

そのおかげで、最近は権三郎のことを皆さんが【灰色の肌の人】と見始めているのです。それを利用して、今日は綺麗なコック服を着ています。【違和感さん】という言葉が見当たりません。人間、視覚情報が与える印象は、非常に大きいのです。

「お義父さん？」

母の視線が祖父に突き刺さります。

「だって～、孫かわいいじゃん」

ええ、祖父にねだりました。もう既に、権三郎用の執事服も農作業服もあります。

そして我が家の裏庭には、なんと権三郎専用の着替え小屋があります。

私より先に個人部屋です。……忠誠心が高いので許してあげます。

「お義父さん、あとでお義母さんと3人でお話があります」

「え……」

「楽しい、お・は・な・し♪　しましょうね。ん？　貴方も参加しますか？」

祖父に向けて無言で合掌《がっしょう》していた父にも水が向けられます。ですが父、即座に拒否です。同情から一転、笑顔で切り捨てる。その判断が最速でした。私もそれを見習って、見なかったことにしましょう。

「待て、案山子の手で作るのか？　衛生面は大丈夫なのか？」

さすが料理人志望のザン兄。見所が素晴らしい。ですが、その程度のことは既に考慮済みです。

「大丈夫です。先ほど窯《かま》に10分ほど手を突っ込んでもらいましたので、下手な人間より衛生的です」

「おっ、おう」

……なぜでしょうか、不当な評価を受けた気がします。

権三郎は石なのです。痛覚もないので、問題なしのはずですが。

「ザンバ様、私には痛覚がございません。ですので懸念のことは起こっておりません。……まぁ、あっても喜んで従うのですがね」

後半！　聞こえるように言わないで！

非道な雇用主みたいじゃん。ブラック企業のオーナーじゃないのよ、私。

「気を取り直して、作業開始です。では、こちらが事前にお父さんと一緒に作った生地《きじ》です」

それから手順を踏んで、バターロールを作っていきます。

途中、二次発酵を挟んで、仕上げに牛乳を表面に塗って焼き上げます。

日本で教えてもらったパン。覚えていた中でも再現しやすい一つです。

個人的にはカボチャパンも再現したいのですが、突然、基本から明後日の方向へ行ってしまうのは逆効果だと考え、自重しました。今は我慢です。

そうこうしているうちに、窯で焼かれているバターロールがいい色合いになってきました。

権三郎に取り出してもらいます。そして食卓で待っていた皆さんに、2個ずつ配っていきます。いい匂いです。今回も成功な気がします。

「では皆さん、お召し上がりください」

権三郎に脇を持ってもらい、皆さんの視線の高さまで抱き上げてもらったところで、決め台詞です。

慈愛の眼差しからの、笑い。それはやめていただきたい。え、決まったはずだよね？

まぁいいでしょう。私も焼きたてのロールパンを掴み、口に入れます。美味い！

「権三郎、見事です！　美味しい♪」

この私の一言を契機に、皆さまパンを口に運び、口々に「美味しい」と食べてゆきます。

2つ目に入る前に、権三郎から【バター1かけら】を皆に配ってもらいます。上に載せ、溶け始めるのを見ながら、バターの風味を味わいます。

私からのプレゼンは、これで以上です。反応から察するに、品質の評価は最上でしょう。

これを作るのに、私の危険もないですし、衛生面でも抜群。

作業時間はかかるけど、厨房の端を貸してもらえばいい。これはいけるかな？　と楽観的な気分で母に視線を向けます。

しまった、冷や汗が背を伝います。

あれは間違いなく、プレゼン内容の致命的欠陥を再確認した目です。

どこに欠陥があった？　確かに権三郎は反則すれすれだったと認識しております。ですが致命的ではないでしょう。では、いったいなぜ？

母の笑顔で、このプレゼンは敗北必至と直感してしまった私は、母からの死刑執行宣言をただ待つしかできません。

母が、凍り付くような笑顔でこちらを見ています。あれは日本にいた時に散々見た笑顔です。

これから労をねぎらって、落とす。そんな虐殺劇が始まるのです。

致命傷が何か分からない、無力な私ですが、母よ、どうかご容赦願います。

「まず初めに言っておきます。マーちゃんも権三郎も、美味しいパンをありがとう」

お礼に聞こえますよね。

これ、建前なのですよ。

いうなれば、居合《いあい》の達人が、鞘《さや》と柄《つか》に手を添えて、いざ斬ろう！　と息を吐いたような状態なのです。

「でも、材料が贅沢《ぜいたく》なのはいただけないわ」

ぐはっ。迂闊でした。基本の基本、コストのお話でしたか！

だっダメだ。これは反論できません。

「マーちゃん？　このパンとっても美味しいけど、原材料に何を使っているのかしら？」

「小麦粉、水、塩、酵母……」

「それは、普通のパンの材料よね？」

「はい。それから、卵、バター、牛乳、油、砂糖です……」

「ほっほう」と唸り声が聞こえます。祖父です。さすが農家、相場を分かってらっしゃる。

牛乳以外は少量しか使っていないですが、どれもこの時代では、いまだ高価な食材です。

「ここに、マーちゃんがお義父さんに発注した食材リストがあります。それから計算されるパンの生産コストは、通常のパンの2倍以上……家計を預かるお母さんとしては、これを毎日は、さすがに許せないかな～」

ぐぬぬ。言い返せない。完璧《かんぺき》だ。完璧すぎる評価だ。

確かに、毎日食べる主食だ。これが倍額になるのはいただけない！　異世界に来て感覚が鈍ったか。未熟。

「しかも、それだけじゃないのよ」

なんと、追い打ちまでしてくるのか！　さすが歳の……あれ殺気が。母、お若い！

……ふぅ、気のせいか。

「美味しいというところと、そしてこの柔らかいという2つの利点が、逆に最大の欠点にもなっているわ！」

『どーん、異議あり！』とかやりそうで怖いですね。この雰囲気。

「まず、美味しいとね。『ついつい食べる量が増える』のが人の性《さが》なのよ！　うちにはザンバの美味しくないパンぐらいが、ちょうど食欲の抑制効果になって、いい感じなのよ！」

ザン兄に飛び火した！　すみません、兄さん。まずいのは否定できません！

落ち込む料理人志望のザン兄を「大丈夫、これからこれから」と父がフォローしています。

普通、逆だよね？　中世の家庭って。特殊なのはうちだけなのかな？

「そして！」

盛り上がる母。そろそろ周りと空気が違うことに気付いてほしい。

「柔らかいと、そのぶん呑み込めてしまう。呑み込んでしまうと満腹中枢への刺激が減る！

つまり、私やお義母さんやミリが太ってしまう可能性があるのよ！　これは致命的だわ！」

すみません。そのドヤ顔、なんとか引っ込めていただけないでしょうか？

途中まですごかったのに、最後はポンコツです。父も「妻よ、お前のそこがかわいい」とか言ってないでください。４人の母親ですよ？

「えっと、それは、ゆっくり食べれば万事解決では」

「無理よ」

即答ですか……。

「こんなに美味しいのは罪よ」

やばい、この悪徳代官、飛んでもねぇ沙汰《さた》出しやがった。私情１００％、混じりっけなしじゃん。

「ふむ。確かに高いのはいかんのう。だが高くても、それだけの価値があればいいのではないかな？　特に店で出すならば」

祖父はゆっくりと味わって食べています。母の指摘に納得しつつも、援護射撃をしてくれました。そして、最後の一切れを口に入れると、父に視線を向けました。

にやりと笑って父が続けます。

「いいね。確かに外食する人間は、美味しければ、パンの価格程度、こだわらないね」

「であれば、週に1度くらい、作りすぎて我が家の食卓に上がる、ということもありえるじゃろ？　大量に作れば、それだけコスト面も抑えられるし、売り上げも上がるじゃろう。たまの贅沢ぐらい、心優しいミホさんは許してくれるはず、と儂は信じておる」

お祖父様！　感謝します！　さすが農家さん！　食べ物に寛大なお心！　さすがです。

「では早速じゃが、【毎日作る】なら、毎日昼に儂のところに届けてくれんかのう。美味いからな。美味いものは仕事への活力となるしな。仕事のために必要な出費じゃ」

カッカッカっと水戸黄門みたいな笑い方で祖父は話を締めくくる。

それを黙って聞いていた母も諦めたように、息を吐いて祖父に続ける。

「しょうがないですね。それでいいでしょう。でもお昼に届けてほしいのは私のところもよ」

「あれ？　お母さん専業主婦じゃ？」

「違うわよ。私、こう見えても、お義父さんの研究所の所長よ」

ネタばらしがございました。

ああ。ああ。嗚呼。なるほど。原料だ、製法だ、が丸々ばれていたのはそういうことですか。

ええ、構いません。私も柔らかいパンが食べられるのであれば。それでいいのです。

……でも、お覚悟ください。お二人のところに宅配した際に、幼児特有の【おねだり攻勢】を1日おきに発動して差し上げましょう。

自分たちだけが毎日食べようなど、都合が良すぎるのです。うふふ、楽しみになりましたね。ねぇ、お母さん。おじいちゃん。

後日、なぜだか研究所と祖父の農園以外に、王都の魔法学院からも毎日大量の注文が入るようになりました。

祖母がこっそりおやつとして持ちこんだものが見つかってしまい、人気になったそうです。

やっぱり通常でも売れるじゃん、柔らかいパン。

◆◇◆◇◆

マーちゃんの暴走が止まりません。

ミホ・ラ・アルノー。30歳。マーちゃんの母親です。

趣味で研究所の所長などをやっています。

14歳の時から研究畑でした。

現在、4人の子育てをしながら、まだ研究をやってたりします。

世間一般から見ると冷たい母親なのでしょうね。

そう思われるのは覚悟しております。ですが、人のためになる研究がどうしてもやめられないのです。

……さてさて私の話はよいのです。最近、私の息子、マイルズことマーちゃんが暴走気味です。

マーちゃんは才能豊かな子です。そういう子ほど、得てして危険を危険と認識せずにおかしたり、他人の害意や嫉妬などの悪に気付かず、結果として敵を多く作ってしまいます。

「幼き頃は神童、少年となり才子、大人となればただの人」などといいますが、これは敵を作りすぎた結果の産物です。社会の中で人は、1人で生きているわけではないからです。

そして、社会的な力であればいいのですが、突出した才能は往々にして社会的な暴力に苛まれます。マーちゃんもそのようなことになりかねない、と考え、マーちゃんを守るため、表面的にはただの幼児としてすくすくと育ってもらう。お義父さんとも主人とも、そう決めておりました。

ですが、当のマーちゃんが、言うことを聞いてくれません。

先日、突然研究所に現れ、それまで誰も着目していなかった【獣人専用獣形態用せっけん】を開発してしまいました。いえ、マーちゃんが作ったのではないのですが、研究者を動かすのが上手いのです。

……本当に幼児なのでしょうか。

驚くべき短期間で実証実験まで完了させました。既に商品化に移行しそうです。

当の研究者が「あの子は神の使いだ。ありがたや～」とか言い出しそうだったので、所長室に呼び出して釘を刺しておきました。この件にマーちゃんは関わっていなかったと。それが本人の希望だと、母親特権を有効活用すると、獣人の研究者は首を傾げながらも「ならば仕方ありませんな」と満面の笑みで出ていきました。

それが一度であればと思った矢先……、昨日【また】マーちゃんの力が発現しました。

マーちゃんに付けている密偵から報告があった通り、今度はパンでした。

マーちゃん襲来の一報からおよそ3時間ほどあと、ある主任研究者が美味しそうなパンを片手に所長室に飛び込んできました。

曰く「革命的だ！」とのこと。食べてみると、確かにその通り。しかし、これも止めなければ。

「作成方法とその過程での事象をレポートにまとめて提出してください。貴方の名前で普及プロジェクトを進めるか否かを上層部と判断します」と所長権限を使って告げます。

めちゃくちゃなことを言っているのは理解しています。研究者も「私に他人の成果を横取りするような恥をさらせというのですか！」と憤慨していました。

ですが、若いうちに注目された【才人の悲劇】ということを考慮して、と説得すると、しぶしぶ了解してくれました。

しかし、柔らかパンプロジェクトが立ち上がろうとした時、さらにマーちゃんが動いたのです。

どうやら自分が食べたかっただけのようでした。それならそうと直接言えばいいのに……。

研究所でレシピの実験をしてから持ってくるなんて、お母さんはそんな子に育てるつもりはありません！　ということで、ネタは上がっているのです。どうしてあげましょうか。

結論から言いましょう。

マーちゃんのパンは、前回食べたのより美味しくなっていました。

悔しいです。ですが、家庭で食べるにはまだまだでしたね。お母さんが社会の厳しさを教えてあげます。

結果ですが、……甘い男性陣のおかげで、週に1回、お家で食べることとなりました。

でも、お義父さんや私はお昼に毎日。主人だって賄《まかな》いで毎日食べるのでしょう。

「大人って汚い？」――子供は綺麗な部分だけ見て育ってください。

汚い部分は我々大人が担当します。うーん、柔らかいパン美味しい♪

……ん？

なんですか、配達に来たマーちゃんが肩を落としながら歩いていきます、が扉のところで振り向き、キラキラした目でこちらを見ています。正しくは、こちらのパンを見ています。

ぐぬぬ、かわいい！

マーちゃんおいで、1個あげましょう！

結局、このパンを毎日多めに注文して、マーちゃんや研究所職員に配っていたら、大人気を博してしまい、今や研究所以外でも人気が出始めています。

なぜだか主人の料理店で、パン屋さん並みのパン大量生産シフトが組まれたりしています。早く柔らかパンプロジェクトを普及段階まで進めなくては！　と私が自ら陣頭指揮を執りながら、忙しい日々を送っております。

マーちゃん、お母さんからのお願い。ほしいものがある時は、絡め手使うのだけはやめて。

あと、料理で作っていいのはパンだけです。他のものを作っちゃうと危険な香りがします。いいですね？

◆◇◆◇◆

雨上がりの、その日。

湿度は高いが、晴れ上がった空が気持ちいいので、思わず大きく伸びをしました。だけども身長は伸びない幼児、そう、マイルズ（3歳）です。おはようございます。

早速ですが、私の一日について紹介しましょう。

3歳児なので大したことはしておりません。過剰な期待はご遠慮願います。

食べて、遊んで、寝る、が基本です。

まず、朝起きます。

祖母に手を引かれながら、時計塔に向かいます。最近、朝は権三郎とザン兄のコンビが、パンを大量生産しているので、権三郎は時計塔にはついて来ません。

……ぐむ、うちはいつからパン屋さんになったのでしょうか。

帰ってくると【ザン兄定食】が食卓に置かれています。

この間、ザン兄に「塩分とりすぎは体に悪いのでは？」とささやいてみたところ、見事に薄味になりました。

こちらの方が、自分で調整できるのでいいと言えばいいですが……、いまだ【残念定食】と言われています。私の中でのみですが。

パンは権三郎との共同作業を経て学んだらしく、日々美味しくなってきております。ザン兄さんは努力家タイプのようですね。

さて、朝食を食べ終わると、おねむの時間です。祖母に抱えられてベッドにダイブインです。

そして、お昼前に起きます。

起きると、執事服に着替えた権三郎が待機していますので、母と祖父のところへお使いに行きます。

母の研究所は、街の中心部から少し先へ行ったところなので、近いです。

権三郎に背負われながら門をくぐると、守衛さんが笑顔で挨拶《あいさつ》をしてくれます。

挨拶は人間関係の基本です。私もしっかり返します。

母の執務室の前に来ると、いつも、母が必死に筆記している音が聞こえます。

母は我々子供たちと、少しでも長く触れ合える時間を作るために、こうやって仕事をこなし、時間を作ってくれているのです。

ポンコツに見えるのは愛嬌なのです。そう思いたいという願望ではないのです。

今日は祖父からお昼を分けてもらう日なので、母にパンを届けると、母の膝の上で小休止してから研究所を出ます。

なぜだか最近、この研究所の女性職員が、私を餌付《えづ》けしようとしてきます。

「知らない人からものをもらってはいけません」というお約束を守り、少ししか受け付けません。

もらった研究者さんには、後日こっそりとそばへ遊びにいき、ちやほやしてもらっています。

これはＷＩＮ-ＷＩＮの関係なのです。

……しかしなぜか、最近男の人も増えてきたのですが……、貞操の危機というやつでしょうか。

さて、研究所でたっぷりと癒されたあと、西門を出て祖父の実験農園にある作業小屋？　と呼ぶには立派すぎる建物へ向かいます。

扉を開けると、祖父とその部下たちが迎えてくれます。ここのメンバーは、半端ない野郎率です。

当然のように、祖父の隣へ座り、パンをいただきます。そして今日の献上品をいただきます。

トマトさんです！

卵さんです！

トマト美味しい!!

卵は茹《ゆ》でましょう。茹で卵とパン……こっ、これはマヨか!?　マヨが必要なのか!?

お昼ご飯を食べ終えて満足したところで、お店への納品物を積み込んで帰ります。権三郎は働き者です。

お家にたどり着くと眠くなるので、またベッドへダイブ！　そして夕飯前に目覚めます。そのあと、夕飯をいただき、祖母に絵本を読んでもらいながら、コクリコクリと舟をこぎます……そして就寝になります。

ハードスケジュールでしょ？

実は最近、午前か午後のお昼寝、どちらか寝てしまったら、片方は自由時間だったりします。

その時に【農業魔法】の訓練をしていたりします。

そして今日は、午後のお昼寝をせず、マヨネーズについて考えています。柔らかいパンに挟むには卵ですね。たまごサンド！

懐かしいですね……忙しかった頃の、定番の朝食でしたね。我が家のたまごサンドは玉ねぎ入りなのです。あの食感がいいのです。

ということで、今日の企画はたまごサンド復活に向けてのマヨ開発です。

しかし、マヨネーズのレシピが思い出せません……。

いえ、なんとなくは覚えているのです。攪拌《かくはん》させながら入れるのが、酢だったか油だったか、よく覚えていないのです。あと分量も。

酢は、実はもう入手しております。

なんとこの世界、というか我が家には、日本酒が存在しておりました。20年前の大戦の時に、祖父が軍需物資として、酒蔵を建てていたのです！　そしてそれが現在この地方では、結構メジャーなお酒だったりします。

まぁ、戦争時の思い出なので【美味しくない安酒】として認識されているようですが……。

冬場は熱燗《あつかん》で1杯が生きる糧《かて》であった私です。そんな不当な評価は許せません。

……おっと、話がそれましたね。酒を作っているということは！　と思って聞いてみると、あまり流通してないそうですが酢もありました。ですので、確保済みです♪

とにかくトライ&エラーです。夕食後に母に許可をいただいて、明日試してみましょう。と昨日動いてみたのですが、早速「本日のおやつの時間ぐらいにやってよい」とご許可いただきました。

ただし、母の監視のもと、という条件付きですが。……信頼がないですね。仕方ない話ですが。

権三郎と母は、私の前でスタンバイ完了です。

そしてなぜか、期待に満ちた眼差しの家族が、その後ろに勢揃いしています。

皆さん、そんなに楽しみですか？　マヨラー予備軍みたいで怖いですよ？

……とにかく、作りましょうか。

権三郎に指示を出し、卵黄、塩、からし、酢を混ぜていきます。

そのあと、油を少しずず追加していき、攪拌、乳化させてゆく……はずなのです。

手順、間違ったかな。でもマヨってほぼ油だから、油でいいはず。

信じて追加していきます。

今作っているのはたまご3個分。卵と同等量程度の油を少しずつ入れていきます。

既に周囲の女性陣からは「そんなに油を……」との声が漏れておりますが、サラダのドレッシングも同じですよ？　と言ってあげたい。

ふむ、周囲の反応が悪いですね。油まみれであることへの忌避《きひ》感と、見慣れない色で粘性が出てきた物体、確かにこれを初めて食べると思うと、抵抗感ありそうですね。

マヨネーズ自体は、私が知っているものになってきました。ここで一つ、味見です。

スプーンで掬《すく》って手の甲にのせ、舐めてみます。うん、私が知っているマヨネーズです。

「完成？」

「ええ、できましたよ。調味料というかドレッシングの類ですが」

「そう、じゃ食べてみてもいい？」

「あまり多い量を食べないでくださいね。調味料と思ってください。味が濃いですからね」

なんとなくリアクションが想像できたので、予防線を張り保険をかけます。ですが。

母の眉間にしわが寄ります。

「じゃ、俺も」

父をはじめ、次々に家族が試食を始めます。すると口々に。

「これはちょっと……」

「食感が気持ち悪い」

「ぐえ」

「すっぱいの、油っぽいの……」

などなど、異世界の方にはマヨネーズは大変不評のようです。

その中で、唯一父だけが「これは組み合わせによってはありか……」と料理人目線です。

ザン兄貴たちも、料理人を目指すなら、父のような反応をしなければいけないと思うのですが……。なぜトイレにダッシュしているのでしょうか。

やめてください。3歳児の豆腐メンタルに刺さります、その行動。

そのあと、皆さんが口々に「天才にも失敗はある。むしろ安心した」などと言いながら、解散してゆきました。

異世界はマヨラーには生き辛い世のようです。ま、私、マヨラーじゃないのでいいのですがね。

現在、私の前に残ったのは母と父のみ。母は失敗が嬉しいらしく笑顔です。父は職人の顔です。

ふむ、では本番と参りましょうか。

既に下準備は完了しています。目くばせをすると、権三郎が茹で卵4つと玉ねぎ1つ、そしてパンを8個ほど持って食卓に現れます。

そうです。これからたまごサンド復活祭なのです。家族たちは残念がって出ていきましたが、個人的には取り分が増えたと、内心ガッツポーズだったりします。

「これから、そいつの活用方法ってやつか。えらいシンプルだな」

「包丁を使うので見ててください」

権三郎が最後に包丁とまな板を持って食卓につきました。いざ、決戦です。

まずは玉ねぎをみじん切りにして、乾いた布巾に包み、水気を取ります。

次に、同じようにみじん切りにした卵を、木べらでいい感じに潰していきます。

ここでマヨと玉ねぎを追加。マヨで味を調えます。私が味見をしながら調整します。いいですね、たまごサンド降臨が見えてきました。

用意したパンに切れ目を入れて、できあがった具をたっぷりと挟んでいきます。

バターロールですが、たまごサンド完成です。

権三郎に調理器具などを片づけてもらう前に、1つだけ、たまごサンドを真ん中から2等分に切り分けてもらい、両親に見せつけます。サンプルです。美味しそうでしょ？

反応は依然よくありません。解せぬ……。

そんな2人は放っておいて、私はたまごサンドにぱくつきます。

くぁ〜〜〜、ずいぶん懐かしく感じます。たまごサンドの降臨で間違いないです。

私の静かなガッツポーズに、訝《いぶか》しげだった2人も、おずおずとパンを手に取ります。

母は眉間を寄せて、新薬の被検体にでもなった面持ちです。とても失礼なのです。

父は好奇心が優勢です。取りあえず口に含んでみるようです。

1口目の感想は出てきません。まぁそこ、具が入っていないですからね。

3口目ぐらいでしょうか、2人に顕著《けんちょ》な変化が訪れます。

母は眉間に深いしわを作り、パンを手放してしまいました。

逆に父には【あり】だったようで、食べる勢いが増しました。

私もそっと2個目に手を伸ばすのですが、母に止められます。

「晩御飯が入らなくなるので、1個だけよ」

手を払われます。愛しのたまごサンド様が遠のいてゆきます。

「ふむ、残りはもらっていく」

そう言って、父はマヨ、たまごサンド、たまごサンドの具をお盆に載せてお店の厨房へと消えていきます。

たまごサンド、かむばーーーっく！

……戻ってきませんでした。

私とたまごサンドの関係が悲恋に終わったその日の夕食のあと、珍しくお店を抜けてきた父が私に笑顔で言います。

「今日作った料理、店のやつに言えば用意するから、ほしくなったら言うといい」

神様ですか、貴方！

「お父さん、ありがとう！」

椅子から飛び降りて、父に向かって全力ダッシュ&タックルです。

ああ、父よ。私はあなたの息子に生まれてよかった。

普段から『家族の中で、影薄いなー。ご苦労されていますね』とか思っててごめんなさい。

今日から感謝して過ごします。

1人で猛烈に盛り上がる私を、他の家族は不信な目で見ています。

知っていますとも。変わった味は受け入れにくいことなど。でもね、それでも私のたまごサンドへの情熱は抑えられないのです。

本日の異世界マヨネーズ計画は失敗しました。

ですが後日、お店の従業員に数名の【たまごサンドフレンズ】ができました。私はそれで満足なのです。

◆◇◆◇◆

優しいたまごサンドは好きですか？　マイルス（3歳）こと、私は大好きです。

ある日のお仕事帰り。農業都市の中心部の、とある長屋風の一室の前へ、権三郎に寄ってもらいました。

私は周囲に十分注意し、扉を5回・3回・2回とノックします。

しばらくして部屋の中から、静かに、ささやくような声で「マヨ」と問われます。

「ちゅちゅちゅちゅ」

私はそっと合言葉を返します。するとガチャリと音を立てて、鍵が開きました。扉を開けると、同志たちが満面の笑みで迎えてくれます。

現在、うちの店に在籍する5名の【マヨラー予備軍】たち。表面上は【たまごサンド愛好者】です。

なぜコソコソしているかというと……、この世界での、マヨネーズ差別が酷いからなのです。お店やお家で食べていると「色がキモいからやめて」と言われ、外で食べると好奇の眼差しを向けられます。色合いのせいなのでしょうか、マヨネーズを使った食べ物に、眉をひそめる人が多いです。

たまごサンドに人権はないのか！　そう憤《いきどお》った我ら6人。そのうち自然と1名の自宅に定期的に集まり、こっそりとたまごサンドを楽しむ会合を開くようになりました。

邪神とか崇拝しておりませんので、ご安心ください。

ん？　たまごサンドが邪神ですと？　よろしい。戦争です。本気ですよ？

「お待たせしました」

なんやかんやと想像して楽しんでいると、たまごサンドが出てきます。

口に含んで至福のひと時です。

「会長、いつまで我々はこのように潜んでいなければいけないのでしょうか」

メンバーの一人が、耐えられない、とばかりに首を振ります。

……あ、会長って私のことです。

「この集まり、私としては楽しいですよ」

幼児の笑顔発射！

「う、私も楽しいのですが……あ、顔についてますよ」

たまごサンドの具が、少しこぼれていたようです。会員の一人が嬉しそうに拭いてくれます。

ちなみに野郎です。この会は１００％野郎で構成されております。……女性をこんな怪しい場所には招けません。

「それについてはお話ししたはずです」

「たまごサンドの実力をいかんなく発揮する、【あれ】ですね」

「ええ。ところでプロジェクト【Ｓパン】の方はどうなっていますか」

今まで会話していた男とは別の、筋骨隆々としたマッチョな男に話を振ります。

「坊ちゃんが計画した型の設計図と発注について、我々の要望として料理長に伝えておきました。もちろん坊ちゃんが主導だと、しっかり釘を刺しておきましたが」

ひと言余計です。しかし、計画のためにはボスすら売り渡す、その意気やよし！

「そっ、そうですか。しかしプロジェクト【Sパン】が成功した暁《あかつき》には、大きく世が動きます……」

「我々も、陽の光の下を、大手を振って歩けるようになるのですね！」

私の言葉に、メガネの男は意味ありげに、メガネの中央をクイっと押し上げます。

君、伊達メガネだよね、それ？　うん、かっこいいけどね。

「しかし、そんなに違うのですか？」

それまで黙っていた小太りの男がたずねます。私はそれに笑みで返します。

「ふふ、論より証拠です。食こそ全て。食こそ正義なのです！」

私の言葉に、会員たちは感嘆の声を漏らします。

「それよりも、おとりプラン【ポテト】はどうですか？」

「先日賄いで作成し、好評の様子でした」

うむ、いいことが聞けました。たまごサンドと双璧《そうへき》をなす、ポテトサラダサンドの誕生のために、その布石たるポテトサラダは、無事に撃ち込まれたようですね。

「いい報告です」

「あれは美味かったな。パンに挟んでも美味かった。だが単体でも十分にいけますな」

「キュウリと合わせるといい。輪切りが推奨だ。作ったら、なんだかんだと理由をつけてこちらに回してくれ……」

「了解です、ボス。残ったら持っていきます」

ん？　遠まわしに拒否した？　そんなことないよね？　私たちの結束、固いよね？

じっと返答した会員を見つめました。すると、笑顔で手を振られました。

違う！　愛敬振りまいたわけじゃないのです。

「まっ、まあいい。プロジェクト【Ｓパン】が成功すれば、我らが世界の主流となるのだ！」

「楽しみですな」

「飲み物は何が合いますかな」

「最近レタスが美味しい時期ですからな……。色々捗《はかど》りそうですな～」

「くくく、腕が鳴りますな～」

「我ら以外にも、同志が増える日が待ち遠しいですな～」

それぞれ秘密結社ごっこに酔っていると、突然、入り口の扉が開け放たれたのです。

「そこまでだ！」

「な！　貴様、鍵を閉め忘れたのか！」

田舎か！　セキュリティーは？　って、ここ田舎だった！　ごめんなさい。

「会長！　つけられてましたね！」

ぐっ、返す言葉がない……。

「お母さん、ミリ姉、これは違うのです」

私は押し入ってきた2人の女性に弁解します。

この頃、権三郎は、こういう時に私を庇《かば》ってくれません。まさかの忠誠心低下!?

権三郎を見ると「全ては坊ちゃんのためなのです」とか言いながら、ハンカチ片手に涙ぐむ【芝居】をしています。なんと芸達者！

「嘘おっしゃい。あの黄色いゲテモノを広めようと画策する会なのは……本当か嘘かは、お天道さまが知っています！」

「ぐっ」

「もういい加減、諦めて、お家に帰って【ケチャップ】料理を作りなさい」

会に衝撃が走ります。

「なんと！　会長！　まさか最近、巷で幅を利かせ始めた、あの赤い悪魔の創始者も会長なのですか!?」

会員たちの間に、さらに激震が走ります。やばい。マヨラーの会での私の信頼度が、みるみる低下していきます！

「ちっ、ちが……」

「そうよ！　正しくは、研究開発は研究所。だけど、広めたのは間違いなく、マーちゃんよ！」

「「「そんな！」」」

愕然とする会員たち。

いやね、トマトケチャップとミートソースも作りましたよ。マヨと似た材料でできたからね。油の代わりに、たっぷりのお野菜さん入りのためか、家族からの評価は抜群。お肉料理との相性も良く、ミートソースなんか絶賛の嵐でした。

「違うんだ。プロジェクト【Sパン】のための布石なのだ！」

「そんな重要なことを会に報告しないで進めるなんて。会長……信じてたのに」

そのあと、私のことを裏切り者呼ばわりする会員たちの口に、正義の使者こと母が、ミートソースをねじ込んでいきます。

「やめろー、大将の奥さんとはいえ横暴……ん、美味い」

「赤い悪魔なんか食べたくな……お、これは！」

「あ、私食べたことあるから大丈夫です。やっぱり美味しいですね」

「貴様！　裏切りか……ぐっ、しかし美味いものに罪はない！」

こうして……、あえなく【たまごサンド秘密結社】は解体されてしまいました。

後日。

「あ、来週あたり、型が入荷するそうですよ、坊ちゃん」

「ん。ほんと！　来たら一番に皆で作って食べよう！」

「いいですね。坊ちゃん、下準備が必要だったら言ってくださいよ」

「俺たち5人で【Sパン】初実食！　といきましょう！」

「「「「おー！」」」」

なんやかんやありましたが、我々たまごサンド好きは元気でやっております。

教訓【異世界ではケチャラー1強】。

いいのです。食文化が豊かになれば、私の【農業魔法】の価値がさらに上がるのですから。

取りあえず、食パンが焼き上がる姿を想像しながらお昼寝します。皆さんおやすみなさい。

4章　現実を知ろう！

……なぜこうなった？

私、マイルズ（3歳）は今、神殿らしき場所の託児施設に1人で座っています。

神殿への参詣客は多いですが、わざわざ子供を預けるほどの、本格的な参詣客は少ないと思われます。

預けたとしても、神殿で行われている奥様たちの会とか、手芸教室とかの催し物の時ぐらいしかないのでしょう。祖母に連れられた私を預かる際に、見習い神官の女の子が、どうしたらよいのかマニュアルを眺めているほどでした。

これまで、色々なものを見聞きして、私は気付いてしまいました。この世界が、現代日本並みに発達しているということに。いやさ、食事面はまだまだなんだけどね。

薄々感じていました。窓がガラスだったり、夜、外を見ると街頭に明かりがついていたりとか、部屋の明かりが魔法道具で、中世では常識であった習慣の【陽が落ちたらお休み】なんてする人が、ほとんどいないとか、ね。

なのでね、ついつい祖母に言ってしまったわけです。

「おばあちゃん、ずっと黙っていたけど、僕、実は異世界から来た人間なんだ！」

とね。

あまりにも現代的なものが多かったので、きっと「地球から来た人たちがいいことをしてきたのだろう」と思い込んでしまったのです。ですから祖母からも、関連のある話が聞けるかな……と、ちょっとしたジャブのつもりでした。

すると祖母は、深刻な顔でこう返しました。

「そう、なら殺さなきゃね」って。

もうね、ガクブルですよ。本能がね、本能さんがね、全裸で土下座してるんですよ。

祖母の殺気、半端ねぇ。怖いです。

すぐさま否定したんですが、3歳の私にはトラウマものです。

ちゃんと「ごめんなさい」したら、いつもの優しい祖母に戻って、こう教えてくれました。

この世界で嫌われているもの、1位と2位はほぼ同一のものだって。

1位【異世界人】、2位【異世界宗教】。

うん。2はカルト宗教とかだと、日本人も嫌いだと思います。

何やら【異世界人】って、この2千年で酷いことばかりしてきたんですって。【異世界宗教】なんて、害悪の極みだそうで、毛虫のように嫌っていました。

ちなみにこの国も20年前に、異世界宗教の侵略を受けたらしく、周辺国を巻き込んで大戦争を経験したとか……。

しかも、宗教関係者を駆逐したあとに、敵国を占領してみれば、目を覆《おお》うほどの腐敗っぷり。国民から巻き上げられた税金の全てが、宗教幹部の懐に、そして国外に流れていたとか。

そのかつての敵国ですが……20年経った今でも、うちの国から「援助を受けている」ほど疲《ひ》弊《へい》しきっているらしいのです。

「ほんとに異世界人ってろくなことしない！　いいこと、冗談でも異世界人なんて言ったらダメよ」

という、祖母の剣幕に押されてしまいましたが、どうしても聞きたい情報があったので、おそるおそる、祖母に質問してみました。

……勇者でしょ？

「いい人もいたりしなかったのかな？」と聞いてみました。

さすがに我が同胞の日本人ぐらい、まともであってほしい、と切に願っていたのです。

「いい人と悪い人の見分けがつけづらいのよ。本当に善良な人もいたんだけど、同じ系列でも、人を襲って食べる人種もいたりしてね……」

「ひぃ、食べちゃうの？」

純粋な恐怖で引きます。

マジか、そんなのいるのか。ダメだな、そいつら即死刑許可です。

私が本当に怯《おび》えていることに気付くと、祖母は優しく抱いてくれます。

「そんな怖い人たちを、どうやったら見分けられるの？」

怖いです。関わりたくありません。ぜひ見分け方を教えていただきたいです。

「それはね。異世界人って、世界を渡る時に【欠陥】を抱えてくるの。だからね、背中から煙のように光が立ち上っている人は、異世界人なのよ」

「欠陥？」

「そうよ。この魔法が中心の世界に対応できない証《あかし》なのよ。この世界に来ても、だいたい2年ほどで死んじゃうのよ」

「それじゃ、勝手にいなくなってくれるの？」

「いえ、彼らが生き残れる方法が2つあるのよ」

祖母はなぜだか悲しそうな顔で、そう告げました。

「1つ目はね、転生神様や、他の神様の審判を受けること。これはね、大人しく投降した異世界人だけが受けられる規則になっているのよ。過去や未来において罪がなければ、この世界で生きることを許可されるの」

そこで言葉を切って、複雑な顔をする。

「魔法力がないから、この世界では辛い一生になってしまうけどね……。でもマーちゃん、そういう人を見かけても助けてはダメよ。一時の情けは希望につながるけど、すぐに希望の反対の絶望が襲ってくるの。だからね、見つけてもかわいそうだから、何もしちゃダメよ」

苦境にあえぐ同郷の人間を見て、私はその存在を見なかったことにできるだろうか……。重い気持ちが、私の小さな臓を圧迫します。

「それに、異世界人が善良であれば、必ず神様が何かしら祝福を与えてくれるのよ。そして苦悩を乗り越えれば。立派に生き抜けるのよ。マーちゃんには難しいかもしれないけど、覚えておいてね。でも、祝福を受けたって嘘をついて生き残っている異世界人もいるから、十分に、注意するのよ」

気付けば目に涙を浮かべていました。

祖母の顔がぼやけるけど、大事なことだと理解して小さく頷きます。

なるほど、ここまでの理解としては、この世界にとって、【異世界人】は招かれざる客。存在自体が許されないことだが、正しく生きるものには存在を保証する。そんな優しさがこの世界の神々にはある。それは一片の救い。苦境に立たされたとしても、希望を胸に生き抜けば、恵みにつながる。

ちなみに、異世界人の中で、率先して人を食べるのは聖職者だそうです。魔術という魔法とは違う力を使い、神の祝福なしに生き残り、狂ったまま潜《ひそ》むそうです。

だから【異世界宗教】は毛虫のように嫌われる。

だから【異世界人】は虫のように嫌がられる。

自業自得か……。

では、私は何なのでしょうか。

【異世界からの転生者】についても聞いてみましたが、「何それ？　面白い物語ね」と流されてしまいました。

では、私は何なのでしょうか。

最近では、マイルズこそ本当の私だと思うし、日本のことはパソコン越しの動画でも見る気分です。

では私は何なのか。

マイルズとしての幸福に、心の底から浸っている。マイルズが愛している人たちが愛おしくてたまらない。地球などに、元の私などに、戻りたくない。いや、あんなの空想だ。と思っている自分がいる。

では、勝とは誰なのだろう。

よく話に出てくる後輩君って、何ていう名前だっけ。

うちの社長の名前、何て言ったっけ。

あれ？　あれ？　あれ？

僕はマイルズ。私はマイルズ。今、大事なのは、僕の、私の、愛しい人たち……。

私はずいぶん長い間呆然としていたようです。やけに大人しい私を心配して、見習い神官の女の子がオドオドしながら私の様子をうかがっています。

瞬間的に、その女の子の神官服の裾を掴みました。「さみしい」感情に突き動かされたのです。私はここで1人ではない、と。孤独じゃないと実感したかったのです。猛烈な勢いで「1人」があふれ、私は恥も外聞もなく、それこそ幼児のように泣きわめきました。

見習い神官の女の子は、初めは戸惑っていましたが、やがて私を包み込むように、優しく抱えてくれました。

ゆっくりとしたリズムで、背中をトントンと優しく叩いてくれます。ゆりかごの中のような心地よいリズムに、いつしか泣き止んだ私は、祖母が来るまで見習い神官の女の子の腕の中で眠ってしまいました。

祖母は、迎えに来てくれた時に、私に謝ってくれました。

「怖い話をしてごめんなさい」と。

私はそんな祖母の目をしっかりと見据え、激しく首を横に振りました。もうこの首が取れてもいいと感じるほどに。

祖母が、私のせいで悲しい思いをしていることが、なんとなく分かってしまいました。それがとても、とても悲しかったのです。そして自分が許せませんでした。

マイルズとか、勝とか、もうどうでもいいのです。

私はただ、この人たちといたい。

心の底からそう思っていることに気付き、思い知りました。

神殿からの帰り、珍しく祖母が買い食いを許可してくれました。

屋台で飴を買いました。素朴な飴でしたが、今まで食べた飴の中で、一番美味しく感じました。

家に帰ってからも、つないだ祖母の手を離せずにいました。

私は、初めて祖母におねだりをしました。

「おばあちゃん、お願い。今日は一緒に寝てください」

こうして私は温かな気持ちで明日を迎えることとなりました。

だって3歳児なんだもん。

◆◇◆◇◆

マイルズの様子がおかしい。

私はマイルズの祖母、賢者リーリア・ゼ・アイノルズです。

明らかに知り得ないであろう、かつて異世界人が商売で使ったが普及しなかった調味料をマイルズは作り出した。

美味しかった。

正直、異世界人たちのも同じ味だったのであろうが、恨みや辛みが先に立ち、あの時は、味など分からなかった。

思えば、彼らは神に許された人たち、あの蛆虫《うじむし》どもと一緒にしてはならなかったのだ。

マイルズの調味料を食べたあの場、あの人間の中で、私と同じ理由で拒絶したのは主人だけだっただろう。私たちはあの凄惨な現場を見てしまっているから。

私たちは、きっとどんなに善良な異世界人でも、許すことはない。偽っているのではと疑ってしまう。

他の家族たちは、単純に口に合わなかったのだろう。独特な食感やあの色合い、味わいに忌避感を抱くものは多いだろう。「美味しくない」と言われて、ちょっと落ち込んでいるかわいいマイルズを見る私の心は、顔に張り付けている表情とは裏腹に、不安でかき乱されていた。

３つ。異世界食品を生み出したマイルズが、異世界の知識に関わっているのは確定だ。

だが、どうやって？　思い悩む私に、マイルズは言ってはならない発言をしてしまう。

「おばあちゃん、ずっと黙っていたけど、僕、実は異世界から来た人間なんだ！」

殺気を抑え込むので必死になりながらも、私はこの世界に流れてきた害悪どもの話をする。

正直、３歳にする話ではない。怖がりながらも必死に話を聞くマイルズに、私は強い罪悪感を抱く。

話の終わりにマイルズは、【転生者】という聞き慣れない言葉を私に投げかけた。

即座に私はその意味を理解した。

神の一柱に【転生神】がいることを、我々は神との交信で知っている。かの神がどのような権能を担当しているかも知っている。【転生神】という言葉から想像したのは「あるべきマイルズの魂に異世界の魂が影響している」もしくは「マイルズの魂が侵されている」ということ。

私は今日の予定をキャンセルし、マイルズを連れ、足早に目的の神殿へ向かった。

突然の私の来訪に、神官長は怯えていた。だが、そんな些細なことなど気にしている余裕はない。

私は入り口近くの託児所にマイルズを預け、手早く神託の間を借り受けた。目当ての神と会うためだ。かの神なら、我々に便宜を図って、口を滑らしてくれるはずだ。

神託の間から人払いをする。ここに他の人間がいなければ、神との交信を盗み聞かれることはない。全員退出したことを、【探知魔法】で確認し、交神の魔法陣に魔法力を流し込む。そして私は掌から無造作に、国宝級と呼ばれる、私物の魔法石を空中に放り投げる。

魔法石と魔法陣が強烈な光を発し、気付くと私は白い世界にいた。

目の前には、軽薄そうな長髪の男が、椅子に座り、退屈そうに頬杖《ほおづえ》をついている。

「おや、珍しいお客さんだ」

「お久しぶりね」

「ん？　おやおや、君らしくもない」

そう言うと、男は軽く手を振る。どこからか悲鳴が聞こえてくる。

「神への不敬は神罰が相応で〜す」

男はけだるそうに、手をヒラヒラさせている。

私の油断が招いたことだが、国の主要人物たる賢者が「秘匿《ひとく》したい」と言ったことを覗き見しようなど、大それたことを。……神官長には、私からも罰が必要なようね。

「借り1つですね」

「そう言うなら、さっさと人間を超越して、僕のお仕事手伝ってよ〜」

「100年ぐらいしたら、考えてあげます」

「わお、この間の300年から200年縮んだ！　どういった心境の変化？」

「今回の借りで100年短縮。これから聞くことに答えてくれる、って信じてるからさらに100年短縮よ」

「いいね～、そういうとこ好きだよ～」

男が椅子の上でくるくると3回まわると、男は女に変化した。

「で、聞きたいことって？　何でも『恋』だよ！」

聞き違いと信じたい。変な文字を使ったな、この神。

「私たちの孫、マイルズについてよ」

「わぉ、既読スルー、マジ凹《へこ》むっす！」

何を言ってるのか理解できないけど、理解する必要のないことだ、ということは理解できた。

「最近うちの孫が【転生】だ何だと言い出して、知りもしない【異世界】の知識を使いだしたのよ。もしかしたら、そちらの転生システムの不具合で、私のかわいい孫に……」

不敬であろうが、何であろうが、構わない。今の私には配慮などしている余裕はない。

私は、まだふざけている彼女に、強い殺気を向ける。

でも、そこは神。

どこ吹く風といった様子で、椅子の上に体育座りをし、両手首をブラブラさせながらヘラヘラして、表情は微塵《みじん》も変化させない。

「はい、はーい。マイルズ・デ・アルノーちゃん、ねー。見ちゃうよー、見ちゃうよー。ゴッドアーイ」

ふざけながらも、彼女の両手には半透明の白い板が浮かんでは消える。

そして、彼女の手が止まった。先ほどまでヘラヘラしていた表情が、急に張りつめた。

「……」

無言でこちらを見られる。

真面目《まじめ》に対応されて気付く。今の神からは感情など感じない。ただただ、私から情報を抜いている。「人間の領域を超えている」と、他の神々からお墨付きをもらっている私だが、それは同時に、神の力を前にすると無力に等しいことを、改めて実感させられる。

……短い無言の時間が永遠に感じられた。

「けっつろーん！　マイルズちゃんはマイルズちゃんでした！　異世界人の記憶が彼に影響を与えているけど、間違いなく君の孫100％混じりけなしだよ。……今のところは」

「マイルズの魂に異世界の記憶が混ざっている、という理解でよろしいでしょうか」

「うん、それでいいよ」

安堵のため息と共に、疲労していた瞼《まぶた》を閉じた、その瞬間だった。

目の前の神から、すさまじい力の波動を感じた。

油断すると、私という存在が消し飛んでしまう。

「あっは、ごめん、ごめん。あー今日はもう帰って。お願いね～」

私が返答する前に、白い空間は元の神託の間に戻る。最後にあの神が放った感情。それは、【喜び】だった。

迂闊だった。私たちの孫マイルズは、いったい何に目をつけられてしまったのだろうか……。

あれだけ高位の神が、現世に力を行使することはない……はずだ。

私は混乱する頭を切り替え、無礼を働いた者の末路を確認した。

そして神官長へ沙汰を下し、マイルズを迎えに行った。

迎えに行った先のマイルズは、神官の腕の中で泣き疲れて眠っていた。

そのあと、不安からか、べったりと甘えるマイルズを連れて家路についた。

べっとりと張り付いた不安を抱えながら……。

◆◇◆◇◆

珍しい客が来た。

このつまらない仕事にも刺激が必要だ。人間君の訪問は、私にとって喜びだ。

そんな軽い気持ちで面会した人間から、追い求めていた情報が飛び込んできた。

私は無下《むげ》に客を追い返すと、応接室から神の作業フロアへ戻る。

「あれ部長、ご機嫌ですね」

部下の３級神君がスキップする私に声をかける。

「まぁね～」

たかが３級神風情《ふぜい》に感情を読まれるほど、私は浮かれているのか。いかん。いかんなぁ。

頬が緩むのを感じる。

オフィスの自席にどっかりと腰を落とす。

手元にある情報に再び目を落とし、その名前を確認すると再び頬が緩む。

「せんぱーい。みーつけたぁ」

こっそり呟いたつもりだ。いや実際に小さな声であったが、通常の喧騒が嘘のようにオフィスが静かになった。響いているのは内線の呼び出し音のみだ。

「諸君、いかんぞー。我ら神々は【愛すべき下界の者たち】のために働かなければならんよー。はい、キリキリ働こうー」

これだから、身の丈《たけ》に合わずに神になったやつらは嫌いなんだ。どんと構えられないのかね。

嘆かわしい。

サテ、アノ世界デ、ワタシノ手駒ハ、ダレダッタカナ？　ウフフ……。

◆◇◆◇◆

皆さんこんにちは！　最近、お昼寝の時間が短くなったマイルズ、３歳です。

私が誰であるかという悩みは、寝て起きたらどうでもよくなりました。今を楽しく生きることこそ大事なのです。悟りを開いた気分なのです。

ということで、今日も今日とてルンルン気分、権三郎を引き連れてお散歩です。

お散歩なう！　なのです。

今回の目的地は、川。祖父の牧場内を流れる、そこそこ大きな川です。

大雨で氾濫《はんらん》すると被害が大きいそうです。自然、怖いですね。

さて、なぜ川に来たかといいますと、廃品魔法道具を探しに参りました。

というのも、最近、魔法道具に興味がありまして……。昨日は都市内を徘徊して、魔法道具の廃品を探しました。ですが、都市内で利用される魔法道具は、全てナンバリングされており、お役所で登録・管理されていました。破棄の際は届け出をし、お金がかかり、再利用に努めないといけないという、日本のリサイクル法もビックリな管理体制がとられておりました。恐るべし、異世界。

ならば、と思い、お店の魔法道具を触ろうとしたのですが、その瞬間、たまごサンドの会の会員2号に羽交い絞めにされました。そして、すっごくいい笑顔で「現行犯でした」と父に引き渡されました。

「よくやった」と父から会員2号に、何か手渡されているのを確認しました。

……どうやら仲間に売られたようです。

彼は、Sパンの次世代プロジェクト、Aドックプロジェクトから外すこととしましょう。

裏切りはいけません。私は昔から根に持つタイプなのです。

ん、アメちゃんくれるのですか!? しょうがないですね〜。私は寛大なのです。

さてさて、父に引き渡された私は「10歳になるまで、必要以上の魔法道具への接触を禁ずる」と言い渡されてしまいました。

なぜ? と聞いたら「危険だと本能が言っている」とのお答え。

どこの野生児なのでしょうか? 答えになっていません……が、私はかわいらしい3歳児。理論武装して戦うわけにはいきません。しかも、相手は仮にも家長なのです。悔しいですが……。

必殺泣き落とし！　です！

ん？　そんなにあっさりと諦められるのであれば、おじさんしてませんよ？　使えるものは親でも使う。これ基本です。

ほっほう、顔に罪悪感が滲《にじ》み出ていますね。ではコンボ技！

おねだり！

……結果、父の決意は、とっても固くなりました。

そして、その日のうちに、我が家全員に通達されてしまいました。

なぜこうなった……。幼児が純真無垢な心で【魔法を動作させる不思議道具】を解体したいとか思っただけなのに……懐が狭いですね。過保護なのでしょうか？

そこで、ふと考えました。

「都市内の廃品はリサイクルされる」「家の物は分解禁止」、では、郊外で使われた使い捨ての道具はどうだ!?　……とね。

もう少し進むとバーベキュー場があるそうです。つまり、簡易火魔法道具が捨てられているのではないか、と！

疲れたので、権三郎に抱かれながら進みます。そしてそのまま、ほんの少し眠ります。

到着したようです。

農園の中に植林された木々。入り口の石門には「アイノルズ公園」と記されています。

街郊外に公園って、危なくないのですかね。一般的には、外が危ないから城壁で都市を囲うのだと認識しております。外部は魔物が多数【発生】するので、危険なのだそうです。ですが、この都市は【都市内】だけではなく、外にも農業等の諸施設が存在します。そこには一般の皆さんが通われているはずなのですが……城壁内になくていいのですか？

城壁の役割は、周辺への警戒じゃない？　モンスターやその他の脅威は、祖父の案山子警戒網を突破できるのであれば、どこにいても変わらない？　ルールを守れば比較的安全？　ですと。う、うーん。確かに、無言で魔物を大量虐殺する案山子たちですからね。納得ですが、納得できません。

そんなやり取りを思い出しながら、公園の石門をくぐります。すると、両サイドの木陰から日陰となるように設計された林道が現れます。そこを2分ほど歩くと、視界が開けてきます。

初めに目に入ったのは、石で作成されたイスとテーブル。テーブルは真ん中が開いています。よく、キャンプ場にあるタイプのやつです。鉄板は持ち込み必須のようです。

それが、１００セット。

横に広がるのは、緑の絨毯《じゅうたん》のような綺麗な芝生。

綺麗な芝生はテンションが上がります。目的を忘れて駆け出してしまったのは仕方がないことです。やっほーい。

芝生ですので、転んでも安全です。というか気持ちいいです。春が過ぎ去ろうとしているので、ほんのりと暑いです。

ああ、お家に帰りたくないです。

聞いたところ、毎朝この公園を案山子たちが整備しているそうで、居心地がいいです。

そこで、ふっと悟りました。

「毎朝この公園を案山子たちが整備」……あれ？

廃品が残ってる可能性ゼロじゃない??

……当たりでした。ええ、綺麗でしたよ。案山子さん、万能ですね。

取りあえず、椅子に座って現実逃避。

そこで悪魔がささやきます。

「YOU、水場へ行きなYO！」……と。

私は言われるがまま、水場へ行きます。

石の流し場に、蛇口のような魔法道具が並んでいます。お家でも見慣れた景色です。

あ、そうか！　給水の魔法道具は一番簡単な構成。

魔石＋蛇口本体。お家で見ると現行犯逮捕されそうですが。幸いなことに、今は周りの目がありません。

チャンス！　権三郎から飛び降りて蛇口にダッシュです。

まずは構造です！

……工具がほしいです。分解したいです。戻せないかもですが、分解したいです！

欲求不満を募らせながらも、蛇口をひねったり動かしたり、部品をねじって分解できないかなど、いろいろ試してみます。何と言いますか、金属加工のレベルが非常に高いことが分かりました。

次は魔石です。取りあえずタッチすると水が勢いよく出てきます。私は入力調整が上手くできないので、出る水量、勢い、出る時間の調整ができません。その3つのパラメータが入力として定義されている魔石。どういう仕組みなのでしょう。

不思議なのです。不思議なので、水を出し続ける魔法道具を眺め続けます。

魔石の中で、薄っすらと光のラインが明滅《めいめつ》しています。

……うん、分からない。

周りをキョロキョロ見回します。誰もいません。

そーっと魔石に手を伸ばすと、権三郎にその手を取られます。

そして、笑顔で、抱き上げられます。

バレました。

魔石だけ取り外そうとか、魔法力を思いっきり流し込んでやったらどうなるかとか、好奇心に当てられたことを見抜かれてしまいました。

「マスター、次はどちらに？」

暗に「ここはおしまい」、ということです。過保護ですね……。

「じゃ川に！　お魚さんを捕獲して、美味しくいただきましょう！」

ということで、近くの河原に向かいます。

上流から流されてきた岩石でしょうか、小石が敷き詰められています。

水の中を見ると、清流の中は天敵が少ないのでしょう、魚たちがのんびりと泳いでいます。美味しそうです。

「ふふふ、お魚さんが今日のおやつなのです！　権三郎、ＧＯなのです！」

しかし、私を抱える権三郎は何も動きません。……あれ？

普段から権三郎に頼りすぎて、ついに壊れてしまったのでしょうか。参りました。

私には権三郎ぐらいしか友達がいないのです。壊れるのは非常に悲しいのです。

「権三郎？」

もう一度確認すると、そっと頭に手を置かれます。

「マスター、道具がないので、ここでの調理は不可能です。あと、奥様より【買い食い禁止】を仰せつかっております」

そっと私を下すと、権三郎はそっけなく言ってのけました。

……奥様、祖母ですかね？　むう、あの「僕、転生者！」の件以来、祖母には逆らえないのです。

仕方ありません。珍しい石集めに目的を変えましょう。

おお、色々ありますね。３つほど綺麗な石を見つけて手に取ります。

権三郎は私の横で、お持ち帰り用の袋を広げています。一旦預けて次の場所へＧＯです。

ぬぬ、あれは……魔石ではないでしょうか。

見慣れた半透明の青い石。少し離れたところには赤い石です。ゲットしました。

おお、我が宝よ。と眺め、太陽に透けさせます。綺麗です。

そこでふと思います。さっき見た魔石には、電子回路のようなラインが刻まれていましたね。

あれ、魔力を流すと綺麗に光ったなぁ。

やればできる、でしょうか？

よし、やってみましょう。できなくて当然なので、気楽にＧＯです。

【綺麗な線】と考えながら、魔石を見ます。反応がありません。

次は、【綺麗な線】と考えながら、魔法力を流す要領で魔石を見ます。魔石内部に文字が浮かびます、【綺麗な線】と。

日本語？　へ？　なんで⁇

迂闊に魔法道具を作ってしまったのでしょうか。やってしまったものは、仕方がありません。

いやー、不可抗力！　不可抗力って怖いわ～。

じゃ、早速、この魔石に魔法力を流してみましょう。

……無反応でした。

魔石内部を見ます。半透明な石の中に【綺麗な線】という文字が浮かんだままです。

まずい気がします。このまま異世界人の痕跡を、これまで「異世界人には不可能」とされた魔法関連の基礎、魔石に刻み込んだままなのは、非常にまずい気がします。

焦ります。焦って魔法力を垂れ流しのまま魔石を凝視し、こちらの言葉で「消えろ」と願いました。

すると魔石は強烈な光を発します。ただそれだけです。3分ほど光ったら普通の魔石に戻ったようです。光り出すと即座に投げ捨てていましたので、私から少し離れたところに光が収まった魔石が落ちています。

そっと近づき、落ちていた木の枝で突っつき、様子をうかがいます。問題なさそうです。

綺麗な

拾おうとすると、権三郎に止められました。代わりに取ってくれました。

なぜでしょうか。権三郎から、魔法力が魔石に流れているような気がします。

権三郎は小石サイズの魔石を数度叩くと、納得したように、私に手渡してきました。

手渡された魔石を太陽にかざして見ます。さっきと変わらない魔石です。文字が綺麗さっぱり消えていることを除いて。

なので、今度はこちらの言葉で【綺麗な線】と考えながら魔法力を流してみます。

さっきと同様に、石の中に【綺麗な線】と、こちらの言葉で書き込まれます。

次に魔法力を流してみます。すると魔石の中で、文字が線に変わりました。

おお、すごい！

ついでに魔法力を追加してみます。

魔石の中の線が薄っすら光ります。宝物1号確定です。私はこの魔石をポケットの中にしまいこみました。上機嫌です。

そのあと、権三郎に連れられて、手を洗い、帰りました。

よく見ると、河原には多数の廃薬莢《やっきょう》が転がっていました。

子供の私は、それに気付きません。

魔石に夢中な私は気付きません。

気付かないまま、マイルズの物語は進んでいきます。

それは仕方のないことだと、割り切る他ありません。

そう、仕方のないことなのです……。

◆◇◆◇◆

私の名前はG10、またの名を権三郎。創造主様に作られた、護衛案山子です。

最近、なぜか【思考力】を手にしました。理由は知っております。

我々案山子は、創造主様の膨大な魔法力により、簡易的な自立動作が可能です。

それは他の魔法道具に比べ【巨大な魔石】が、創造主様の偉大な術によって、人間の脳にあたる部位に生成されているからです。同時に、自立動作に必要な多種多様な機能が、術式として魔石に設定されます。最後にそれらを統合的に制御する魔法が設定され、案山子として完成します。

これは、創造主様の一族が、膨大な時間をかけて構築した秘術であります。

ですが、その秘術をもってしても【思考力】などという【複雑かつ高度】な能力を手にすることはありません。ないはずだったのです。

ですが、私は手に入れました。理由は知っております。

理由は、いま私の前で無邪気に笑っておられます。

そうです。つい先日まで、魔法力を垂れ流しにされておられた、人間の幼生体です。

初めて触られた際に、魔石の拡大を感知しました。ですが回路への影響はなかったはずです。

私はこの時までは正常だったはずです。

私の魔石が徐々に肥大化し、人間の脳と同等の大きさまで育った時、私の存在意義であり護衛対象である人間の幼生体が、私に決定的な改変をもたらしました。

「今日から君は権三郎だ！」

私の回路にマスターの魔法力が流れてきます。創造主より賜《たまわ》ったものよりも大きな魔法力に抵抗するように、私の魔法回路上に【自己成長術式】が派生したことを認識しました。

……これはバグだと判断します。

早く指揮官機に報告し、正常化しなければと判断します。ですが、私の魔石が熱く否定します。マスターからいただいた、この至高の宝を失いたくないのです。

マスターと話したいと思い、発声機能を作りました。

マスターにこの気持ちを知ってほしいと思い、表情機能を作りました。

ほどなくして、創造主殿とその奥方様に捕まりました。

機能を追加したその日の夜のうちにです。

失いたくない、と強く願いました。

ですのでお二人には正直にお伝えし、懇願しました。

正しい案山子の在り方としては、初期化が正解かと思います。マスターのことを思えば初期化が正しいと思います。ですが、失いたくないのです。

……私は、このままの状態での存続を許されました。

ただし、マスターに関する異変を毎日報告すること、お二人立会いのもと、メンテナンスを毎日行うこと、この2つの条件付きですが。

私は喜んで受け入れました。

魔石に絶対命令として刻まれたのを確認しました。絶対的な強度で登録【神を経由した契約】として、書き込まれました。ありがたい限りです。これでマスターの安全について報告・相談できる方ができたのですから。

今の私を作り上げた【垂れ流されていたマスターの力】は、その夜、マスターが眠っているうちに封印されました。マスターはもう、普通の子供と変わらない力しか持っていません。どこにでもいる、普通のかわいらしい幼児と、大差なくなりました。

マスターといるのは楽しいです。刺激に満ちています。

ん、魔石に力を通しましたね。封印されているはずでは……。

報告事項が増えました。

その日マスターは再度【魚料理】をリクエストされました。ですが、その場で料理法も持ち帰る方法もなかったので、聞かなかったことにしました。ぷーっと頰を膨らませるマスター。

魔石が温まる思いです。まさに至福のひとときです。

私はあとどれぐらいマスターの笑顔を見られるでしょうか……。

私は特異なケース。不良品なのでしょう。現在は安定稼働していますが、明日も同じだとは限りません。ですので、私には今日が、今が、大事なのです。

あー、マスターが魚に実力行使しようとしています。止めねば。

5章　お子様外交

1カ月ぶりの交流会。なぜかいます。マイルズ3歳です。

今日はお呼ばれしなかったはずなのですが、なぜか祖母に引きずられて参加しております。

豪農の嫁は社交性が高いらしいです。若い頃の趣味が全世界食べ歩きだったらしく、顔も広いらしいです。元はどこぞのお姫様なのでしょうか？　セレブなのです。

ということで、獣王家やら領主様やらと、うちの祖父祖母が並んでも遜色ないとのことでした。なぜかこちらの方が格上に扱われているように感じてしまうので困ったものです。

我が家は農家さんです。一般市民のはずなのです。

一般市民としてのプライドを舐めないでほしいのです。

ポチとタマと触れ合えるのは正直嬉しいので、まぁいいです。

待ってください……。そういえば、私の同世代の友達はこのお二人だけです……。

なぜでしょう？　私は小さな脳みそをフル稼働させます。そして結論にたどり着きました。

「公園デビュー失敗」

そんな言葉が浮かびます。というか、親が忙しい方なので、そもそも公園デビューをしておりません。

まずいですね。今度、権三郎に仮装させて、公園デビューしてきましょうか。

ぐぬぬ。どうしたらいいでしょうか。

「マーちゃん。今日は大変高位の方が来ますからね、失礼のな……いえ、あってもいいですが、やりすぎないようにね」

祖母はそう言って、私の頭に優しく手を置きました。

聞いていた皆さんが首を横に振って「イヤイヤイヤ」とやっていますが、祖母に反論しようとする者はいません。

皆さん、はっちゃけていい、というフリですね。私、社会人ですので、空気を読むのは特技です！　はい、読みましたよ。お任せを、きちんと接待いたしましょう！

そのまま私は、護衛の権三郎に連れられて、子供の集まる会場に向かいます。

先に到着しているポチとタマ。いえ、今はホーネスト様とネロ様がいます。

挨拶をすると、マイルズは来ない予定だったので驚かれます。

ポチ・タマ状態じゃないので少しがっかりしましたが、話を合わせます。

せっけんはご家族にも大変好評だったようです。もっと隠し持っているのでは？　と疑われてしまいました。……山賊なんでしょうか、このお犬様とお猫様。

ポチ・タマの癒しがほしいので、あとで煽《あお》ってみよう、と企んでいると、もう1人、現れました。

「こんにちは、イーリアス・アイノルズです。よろしくお願いします」

15歳ぐらいであろうか、背の高いお兄さんが、私たちの視線に合わせるようにしゃがみ込み、優しそうな瞳で、幼い私たち一人一人の目を見て挨拶をしてきました。

おお、いい意味で歳不相応にできた人だ！

ん？　アイノルズですか。では祖父の長男一家の方ですね。

ちなみに「アイノルズ」の家名は、直系の1家のみ継承可能な家名のようです。

当主が引退し、次代が継ぐ際に、他の兄弟たちは国より【別の家名を買う】というのが習わしのようです。

また、お父さんのように結婚を期に買うこともあり、どちらかというとそちらが主流だそうです。

我が家の本家筋のお兄さんの丁寧《ていねい》なご挨拶に、ポチ・タマは頬を染め、ぽーっとしています。

2人の反応は理解できます。見事なまでの貴公子です。もっと大人になっていたら嫉妬したかもしれませんが、今は幼児。「うちの親戚の兄ちゃん、かっこいいだろ」という気分です。

私はイーリアスのズボンを掴み、こう言います。

「イーリアス兄さま、初めまして。マイルズ・アルノー、3歳です」

「はい、マイルズ君、しっかり挨拶できてすごいね～」

撫でられました。気分アゲアゲです。

「イーリ兄って呼んでいいですか？」

イーリ兄は目尻を下げ「いいよ」と言ってくれたので、これ幸いと、しゃがんでいたイーリ兄の背中に抱きつきます。そして流れるように靴を脱ぎ、背中を登っていきます。

「靴は、あ、しっかり脱いでるのね……」

少し呆《あき》れがちなイーリ兄の声。そして、私を支えるようにそっと手を当て、

「しっかり掴んでなよ～」と言って立ち上がります。

おお高い！　少し不安定ですが楽しいです。

ふふふ、私を見上げるポチ・タマどもよ。頭が高い！　なんてな。うらやましかろう。だが君らは既に大きく育っているので、この場でおんぶを楽しめるのは、残念ながら私だけなのです。

優越感を味わいながら、ポチ・タマを見下ろします。そして完全勝利のスマイル&ウェーブハンズです。

「いくよー」

イーリ兄からぼそっと、そんな声がします。

ん？　何なんでしょうか。と思っていたら急回転です。

怖いです。遠心力を感じて声が出ます。ですが、１回転しないうちに楽しい感情に変わります。楽しかったのです！　ですがすぐに降ろされました。

私が笑顔全開でいると、イーリ兄も満面の笑みです。本当にいい人です。

いい人は空気も読めます。期待の眼差しを向けるポチ・タマに手を伸ばし、両手を取ると、ジャイアントスイングのように回し始めます。

そばに控える護衛たちは戸惑っていますが、本人たちが笑顔全開なので、オロオロするだけです。

ポチ・タマのお相手が終わると、イーリ兄もさすがに疲れたのか、息を切らせております。

しかし護衛たちを不安にさせたことに気付いたのでしょう、彼らに向けて軽く頭を下げました。イケメン恐るべし。その所作は非常に洗礼されています。

非常に心地いい空間でした。そう、「でした」。

「楽しそうだな、でき損ない」

10歳ぐらいのオークが、ニタニタしながら歩いてきます。

何を勘違いしているのでしょうか？　そして、どこの飼育小屋から抜け出してきたのでしょうか？

私はパンパンと手を叩き、権三郎を呼びます。

「権三郎、豚舎の指揮官機を呼び出して」

「はっ、マスター」

案山子ネットワーク（そんな無線ネットワークが、彼らの同型の脳である大型魔石に組み込まれていたとは知りませんでした。恐るべし異世界）で指揮官機を呼び出して、この脱走者を持ち帰ってもらいましょう。

「マイルズ君、この子はね、……僕の弟なんだ。豚さんじゃないんだよ？」

イーリ兄は、疲れたような困った表情でそう言うと、周りに、特にポチ・タマに気を使い、オークさんをなだめています。どうやらこのオークさん、前科者のようです。

「な！」

オークさんは怒りのあまり声にならない様子です。

「でもこの豚さん、このままだとかわいそうですよ？　豚さん、服着せられてストレス状態ですよ？　豚さんに服を着せるのは人間の自己満足なのです！　豚さんかわいそうですよ？」

たまらずオークさん、怒りのあまり腰の剣を抜きます。はい、アウトー。

「貴様！　名乗れ！　ルカス・デ・アイノルズが孫、ジュリアン・カ・アイノルズが成敗してくれる！」

怒りに震えてワナワナカタカタしています。

え？　怒っているのは私の方だよ。

私が認めたイーリ兄を「でき損ない」だと？　魔法名を持っていないだけじゃないのか？　持っていないだけでその態度か？　察するに兄弟だろ？　君ら。しかも言い慣れていたな？

いや言わなくても分かるよ。君たち兄弟がどのような立ち位置で生活しているのか……。これは親の責任だな……。だが増長し、言い放ったことは君の責任だ。イーリ兄の表情が見えるか？　心の底から疲れ切った顔で、何とか収めようと君を諫《いさ》めようとしているじゃないか。

「豚さーん、ハウス！」

青筋が見えます。

「我、武神に決闘を捧ぐ！」

変な祝詞《のりと》を唱えます。すると豚さんの剣に青い光が宿り、それを私に投げつけました。

「権三郎」

呼びかけると、権三郎はゆったりとした動きで、腰に刺した刀を鞘ごと抜き放ち、豚さんの光を叩き切ります。

相応の速度がないと、私に当てるのは無理です。

かっこつけて、遅い光のようなもの投げるからこうなるのです。

そもそも本物の光や、雷なんて人間が認識した時には当たってるものです。避けようと思って避けられるものではありません。物理学をちょっとかじれば分かることです。

理系を馬鹿にしているのでしょうか？

もちろんですが、私の挑発以前に、オークさんが剣に手をかけるのと同時に、オークさんと私の間に権三郎が立っていました。護衛の方々はポチ・タマとの間に立っております。

まぁ、高速で発射しても、この【最硬強度の護衛】こと権三郎をオークさんごときがどうこうできるはずはないのです。

さて、先ほどのは、決闘の申告だったのでしょうか？　10歳の子供が、3歳の幼児にですか？

権三郎の行為はお断りしたことになったのでしょうか。

まぁ、決闘をしようが、しまいが、どちらにしろ結果は変わらないのですがね……。

ふっとオークさんを見やると、既に権三郎に取り押さえられていました。どうやら権三郎が決闘を受けたことになっていたようです。

ほどなくして、大急ぎで祖父と、見たことのないおじさまたちが現れました。事情を聴いて、祖父と一緒に来た獣人のおじさまは爆笑。人間のおじさまは顔を青ざめます。

それはそうでしょう。

【格上である獣人】、それも獣王家に対し【格下である人間】、しかも王族でもない【領主側の招待客】が、護衛でもないのに帯剣して入場。あまつさえ獣人王家第一王女の御前で抜刀。……宣戦布告とも受け取られてしまいますからね？

獣王様が即座に爆笑していたのは「子供の悪戯」として笑い飛ばすというポーズなのでしょう。子供がやったことなので、と実害がなければ笑い飛ばすのは、大人の度量というものです。ただ、こちら側からは目に見える形で、色々と譲歩が必要になるでしょうが……。

え？　私も大概だった？

3歳と10歳のおふざけですよ。本気で戦争したなどとなったら、獣王家の面子《めんつ》が傷つきますよ。意外と面子や体面って、組織運営上、大事なのですよ。

しかし、お子様でも、やっていいことと悪いことがあるのです。前者が私で、後者はオークさんなのです。というか、はめたのは私なんですがね。綺麗にはまってくれましたね。普段の生活態度とお家の教育を含めて反省してほしいところです。まだやり直せるでしょう。祖父の実家も痛みが伴うでしょうが、【才能】だけで子供を見て、本質と向き合わなかった罰です。しっかりと教訓にしていただきたいところです。

見たことのないおじさまは、沈痛な面持ちで頭を抱えています。そして平謝り。大変そうです。真面目な方のようですので、今後、心労ではげないように、マイルズは祈っております。

後日、オークさんは、家名はく奪のうえ、大変厳しい教育施設にぶち込まれたようです。合掌です。

さて、オークさんのせいで、とても場が冷えました。

場が冷えて、お茶も冷えてしまい、お茶の淹《い》れ直しが発生しました。この微妙な空気のなかで、先ほどから、こちらの様子をうかがっているお嬢様が、こちらに入るに入れないようです。

紳士として、思い切ってこちらから誘ってみましょうか。

「あ、そちらのお嬢さんも、ご一緒にいかがですか？」

私の声に木陰から、ピョコンと耳が生えます。様子を確認するように、ゆっくりと、6歳ぐらいでしょうか、ウサギ型獣人の女の子が現れます。

「いいの？」

「どうぞどうぞ」

たぶんこの方が【大変高位の方】という子なのでしょう。

取りあえず、自己紹介と軽いトークから、様子を探りましょう。

うさ子ちゃんがお茶会の席に座りました。では早速。

「私はマイルズ・アルノー3歳です。で、こちらが」とポチに手を向けます。

「ホーネスト7世ですわ」

「いえ、ポチです」

唖然と口を開くポチ。はしたないですよ、お姫様。

「隣の方は……」

「ネロです。ネロ。他の呼び方はありません！」

「タマ、興奮したらいけませんよ。はしたない」

唖然とするお姫様、２人目。

「あ、その隣のかっこいい人がイーリ兄さん」

「イーリアス・アイノルズと申します」

「扱いが違うー」「イケメン逆差別はんたーい」などなど、お姫様方は自由なご様子。

うさ子ちゃんも、控えめに口に手を当てて笑っています。自然な流れです。

「お名前をうかがっても？」

私の言葉にうさ子ちゃんではなく、他の皆が反応します。

あれ、なんかまずいこと言った？　地雷を踏み抜いた感が半端ないのですが。

「わたくし、神獣の御子《みこ》ですので、名前はございません。必要がないとの理由で持っていないのです」

「神獣の御子様ですか……」

私がそう言うと、うさ子ちゃんは少し残念そうです。

……！

私は空気の読める男。よろしい、うさ子ちゃんの期待に応えるといたしましょう。

「ウッサ」

「？」

うさ子ちゃんの耳が再び伸び切ります。

「愛称などいかがでしょうか？　ポチ、タマ、ウッサ、なんていかがでしょう？」

うさ子ちゃん改めウッサは、どんどんと顔を赤く染めてゆき、気が付いたらテーブルの下に隠れてしまいました。やがて、机の下から勢いよく飛び出し、走り去ってしまいました。

「あー」

頬をかきます。

ポチを見ます。軽く首を横に振られました。

タマを見ます。軽く首を横に振られました。

イーリ兄さんを見ます。苦笑いしています。

うーん。やっちゃったかな？

空気、読めなかったようです。どうリカバリーしましょうか。

本日のお茶会は、皆が私を気遣った沈黙のまま、終了しました。

あ、イーリ兄は、近日中にこちらへ文官研修として引っ越してくるようです。楽しみです。

◆◇◆◇◆

「いかがでしょう？」

我が家の食堂で、コック服の権三郎に抱えられた幼児マイルズ３歳です。こんにちは。

祖母と母、そしてミリ姉（10歳）が私の前に並んで座っていらっしゃいます。

腕組みをして、少し殺気立っております。

ただ、ミリ姉は威圧感がないので、ミリ姉を見るとほっこりします。

この３名のことを、私は心の中でそっと【ケチャラー３姉妹】と呼んでおります。これは秘密です。

さて、私がなぜ威圧されているかと言いますと、先日作り出した【マヨネーズ】は既にこの世界にあったようでして、次に開発した【ケチャップ】も似た調味料が存在しておりました。

ただ、この世界ではマヨネーズのイメージは異世界人と直結し、知っている人にも知らない人にも評判が悪いそうです。

一方【ケチャップ】は、既存の調味料に近いお味ということもあり、受け入れられやすかったようです。

祖母から「新商品として売り出してよし。だけど名前は違うもので」と、ご許可をいただきました。

それに伴い、母の研究所から【ケチャ】という名前で、新調味料として売り出すことが決定しました。建前としては「異国の調味料を、研究所が食べやすくカスタマイズして売り出す」としたそうです。

さて長々と説明しましたが、現在、食卓には、私が思い出した限りのケチャップ料理が並んでいます。

先日「活用アイディアを出せ」と承りまして、私、頑張ったのです。

ケチャを初めて作った時に添えた【フライドポテト】と【プレーンオムレツ】は普及キャンペーン時の活用例として、宣伝することが確定しているようです。

今、私がケチャラー3姉妹の前に並べているお料理は、私が地球にいた時、子供のお弁当に作っていた料理4品です。

笑顔の記憶が強い家庭料理なのですが、なぜでしょう、この緊張感は。幼児の料理を試食する雰囲気じゃないよ。

ミリ姉、あなたの目標は騎士のようだね？　料理評論家みたいな目をしてるよ？

祖母も母も言わずもがなです。怖いです。雰囲気が。

そして父よ、なぜ、料理は気になるけどこの場にはいたくない、といった雰囲気で、廊下からこちらの部屋をちらちら見ているのですか？　本来なら貴方が、私の立場なのですよ？

３人揃って1品目「鶏肉のケチャップ炒め」を食べています。本来は醤油《しょうゆ》がほしかったのですが、美味しくできた自信があります。

３人は事前に配ったレシピを眺め、それぞれメモを取っています。

空気悪いよ。美味しいものを食べてるのに。

ここから逃げ出して、芝生の上でゴロゴロしたい……。

せめて無言やめませんか？　ねぇねぇねぇ。……あ、はい。すみません。次出します。

2品目は「薄切りの豚肉と玉ねぎのケチャップ炒めＩＮとろーりチーズ」。

名前の通り、炒めてケチャップで味付け。そのあと、チーズをまぶして窯でとろけさせて出しました。とろけるチーズがほしいところでしたが、なかったので、たまごサンドの会の会員と総力を上げて研究し、チーズっぽいものを作成いたしました。なければないで探せばいいのです。

３人が食べ始めました。

何か、うんうんと納得しながら食べたり、瞑想しながら食べるのはどうなんでしょうか。

美味しい？　ねぇ、美味しい？　美味しいよね？

3品目は「ケチャップで味付け、ロールキャベツ」。

ロールキャベツそのものです。

見た目で引いています。戸口で父がうんうんと納得顔です。たまごサンドの会会員に聞きましたが、うちの料理で似たものがあるらしいのです。興味津々といった様子で眺めていた父に、権三郎がそっとロールキャベツ（食品サンプルのように半分に切られたもの）を渡しています。

食べるなら、こちらの席に来てほしいところです……。

4品目「なんちゃってナポリタン」。

家で扱っているショートパスタを細長くして、普通のロングパスタを作りました。食べ終わったあとに、ケチャではなくミートソースで作った方も配ってみます。

どうやら、これは好みが分かれたようですが、想定通りです。

なお、父はナポリタンの方には渋い顔をしていましたが、ミートソースの方は納得顔です。

当然のように試食しております。いいなぁ……その立ち位置。

「我々は別室で検討に入ります」

そう言って3人は無言で部屋を出ていきました。

3人と入れ替わりに父が入ってきて、テーブル中央に盛り付けられた料理を1つずつ、つまんで食べていきます。私の知っているレシピは醤油ありきだったので、正直、微妙なのかもしれません。

父は私にかける言葉を探しているようですが、思い浮かばなかったらしく、

「残りはもらっていく」と言って、部下を呼び、お持ち帰りさせました。

ねえ……。誰か……。美味しいとか、美味しくないとか言っていこうよ。

作った人悲しいよ？　プロじゃないのよ？　……む、作った人、権三郎でした。

「権三郎、ご苦労様。美味しかった……らしいよ」

今なら他人に優しくなれそうです。豚さんに慰めの手紙でも書きましょうか……。

そして誰もいなくなった……、をリアルに味わいました。

空《むな》しい思いを抱えながら、いつもの裏庭へ。後片づけは権三郎がしてくれました。

こんな時は、宝物を眺めて癒されましょう。

腰に下げた袋から、先日拾ってきた魔石を取り出します。指先大の大きさですが、半透明で水色の綺麗な石です。石の中には、先日魔法力で埋め込んだ線が残っていました。

本当に線だけでした。

これから発展ができるのでしょうが、私はその手の技術について勉強禁止だそうです。ですが、禁止されるとやりたくなっちゃうのが人間の性《さが》というやつなのです。

先ほど料理で虐《しいた》げられたので、気晴らしに、魔法道具の勉強はしないけど、実験はします。

え？　勉強につながる？　知らなーい、僕3歳だから遊んでるだけー。

よし、そういうことにしましょう。

まず、今あるこの線を消そう。

前の時のように【消えろ】と魔法力を込めます。数秒待つと魔石が小さな光を放ちました。光が収まると、魔石の中の線は消えていました。

さて開始しよう。

まずは簡単なものがいいでしょう。【赤い光を放つ】を意識して、魔石に魔法力を注ぎます。

このあとどうしたっけ？　何も意識しないで魔法力を流しただけ？　取りあえずやってみよう。

魔法力を流して数秒。魔石を覗いてみると、1本の線が伸びていました。

室内灯の魔石は、1本でなく、もっと回路的な線だったはずです。これは単調な命令だったからでしょうか？

やってみないと分からないので、少量の魔法力を流します。少量流すのは生活魔法道具を使っていて、なんとなく覚えたものです。無駄に強く流して魔石を壊すことは……たぶんないはず。

ドキドキして待ったのは、1秒に満たない時間でした。魔石は内部から赤い光を放ち始めました。光は1分ほど経つと、徐々に小さくなって消えていきました。

次は、もう少し多く魔法力を流してみました。すると今度は、比べものにならないほど強く光りました。そして、光は徐々に弱くなっていき、5分ほどで消えていきました。

次の実験を行います。今度は複数条件です。

魔石の中を線を消して、3つの動作が連続でできるかを実験します。

1つ、魔法力を魔石に蓄積する
2つ、蓄積した魔法力を術に変換する
3つ、術を継続的に稼働し続ける
これが安定稼働すればすべての基礎になるはず……。

なんとなく、昔尻拭いをした、5年前のシステム開発プロジェクトを思い出します。あれも、なぜだか、コードレビューとか受けさせられたな……私、IT技術者じゃないのですがね。

過去に押し付けられたデスマーチを思い出し、げんなりとしつつ、魔法石に無色の魔法力を流し込みました。

魔石を覗くと、3本の線が複雑に絡まっています。

成功のようです。

魔石に流し込む魔法力は、先ほど5分光ったのと同じ量です。

魔法力の入力が終わり、魔石から手を放すと、魔石の中には豆電球程度の光が発生していました。

あーこりゃ、魔法力消費に時間がかかるな……。

私はこの魔石が終了するまで待つのをやめて、魔石を光ったまま袋に放り込みました。

実験は成功です。プログラムのように動く、ということが分かりました。

実際の職人たちも同じことをしているのでしょうか。気の長い話です。だけど、そういった一つ一つの積み重ねが、高度な文明、学問の礎《いしずえ》となるのです。

でも私は、学者になるつもりはありません。面白そうだったからやっただけです。

まだまだ時間はありそうだったので、庭の隅に置かれた、アシ○もどきの作成途中の案山子に駆け寄りました。魔法の練習だ！　今日こそ農業魔法だ！

しばらく農業魔法に熱中していると、お昼の時間になりました。

普段、お昼は祖父か母のところでいただくのですが、今日は母が在宅でしたので、祖父のところでしょうか。もしかしたら先ほどのパスタ（こちらではポロロと言うらしいです）を追加で作るのでしょうか。

気になったので、ケチャラー会議室こと、祖母の研究部屋の戸を叩きます。

「はーい」と中からミリ姉の声が聞こえてきます。どうやら会議は継続中だったらしいです。

「お昼どうしますか？」

「マーちゃん。私たちはお腹いっぱいだから、おじいちゃんのところで食べてもらってもいいかな？」

母は片手にクッキー、片手にお茶を持っています。

……どうやら皆さん、食後のデザート時間だったようですね。

……おっふ。この状況、聞いたことがあります。

私の記憶が確かなら……確か、そう、育児放棄！

衝撃です。現代の社会問題が、今、私を中心に巻き起こっています!!

私が、ジィーっと音が出るほどじっとりと、テーブルの上に置かれたクッキーに視線を送ると、祖母がクッキーにそっと布巾を被《かぶ》せ、初めから何もなかったように微笑みます。

いや、無理ですってば。あなたの横の女性が美味しそうに咥《くわ》えていますよ。証拠はいまだ犯人の手の内にあります！

「マーちゃん、ごめんね」

ミリ姉がそう言って、ポケットの中から飴を取り出し握らせてくれます。

そして、ゆっくりと扉が閉じられました。

……異世界で、……異世界で、……フェミニストが、息をしていない!?

何だろう、この疎外感……。

何だろう、幼児であれば男でも女性の集いに……？　女風呂にも一緒に入れるはずだというのに！　この扉は何でしょうか……。男性差別の越えられない壁でしょうか？

世の中、不条理です。というか、中世って男性優位社会だったはずでは？

レディーファーストって本当は「危険がないか、お先にどうぞ♪」って意味だったはずなのに。なぜでしょうか？　うちでは完全に逆転してます。現代日本並みの女性優位社会です。

……ふぅ、ごねても状況は変わりそうにないですね。諦めますか。

……あ、先ほどのお風呂の話ですが、一度も女湯に入ったことはないですよ。

お家で一緒に入ってくれるのは父です。いつも癒し系のバン兄と3人で入ってます。

ふむ、気にしてはいけないですね。

祖父のところに行くために、いつも通り権三郎に乗ります。まずは研究所にパンの配達でもしましょう。

ということで、研究所に向かうと、守衛さんが「お母さん？　いないよ」と教えてくれます。

「パンの配達のお使いなのです」と話すと飴をいただきました。いい人です。

研究所で、今日の受け取り担当の研究員さんにパンを渡します。その際に美味しい食べ方はないかと聞かれましたので「レタスやお肉など挟んでみては？」と簡単なアドバイスをしました。すると「なるほど、そこでケチャップだね！」と間髪入れずに返ってきます。

否定はしません。ハンバーガっぽくていいのかも、と思いました。

しかしそこで、マヨネーズの話題がかけらも上がらないところを見ると、相変わらずマヨネーズには人権がないようです。仕方ないですね。

職員さんはパンをお渡しすると撫でてくれました。ですがパンは分けてくれません。必殺【キラキラアイズ】を使用していないので仕方ありません。あれは母におねだりする時専用です。安売りはしない主義なのです。

祖父の農場へ移動中、さすがにお腹が減ったので、守衛さんからもらった飴をいただきました。うん。甘い。飴を堪能している間に、いつの間にか私と権三郎の存在に慣れた街を抜け、街の外にある農園の中心部に鎮座する農業ビルへ向かいます。……あれ、小屋じゃないよ、立派なビルだよ。

ビルに到着すると、祖父が迎えてくれます。

「お腹減った！」と言うと「食え喰え」と水戸黄門笑いです。

祖父と一緒に水戸黄門笑いをしつつ、権三郎を簡易な料理場へ派遣します。

本日のお昼【ジャガイモのオムレツ】を作ってもらうためです。

権三郎に持たせたリュックには、ありったけのケチャとミートソースを詰め込んできております。農場のみんなで食べましょう！　足りなくなったら、先ほど出さなかったパスタも乾麺の状態で持って参りました。そちらを食べましょう！　あ、賄い用にソーセージもお忘れなく！　茹でてパリッといきましょう！

何？　やりすぎ？　全ては私をハブった皆さんが悪いのです。

なお、持ち出した食材は必要経費として、ケチャラーの会からいただいた物資で賄われております。残念でしたね。クッキーを分けていただければ、トレードしましたのに。うふふ。

さぁ、無礼講なのです!!

結果からお伝えします。

祖父が夕食の席で、今日の昼の宴の様子を自慢げに語ってしまい、流用がばれました。

食材横領の罪で、来週までにあと3つ、レシピを考える旨の沙汰が下りました。

……横暴ではないでしょうか？　3歳児の相談を受け付けてくれる機関はないでしょうか？

あ、ご存じかと思いますが、児童相談所はお子様をお持ちのご両親用の施設です。

さて時間を戻します。

農業ビルでお昼を堪能した帰り道。権三郎が荷物を積み込んでいる間に、私は施設内を見学しました。気のいい、農筋もりもりのおじさんが案内してくれました。もちろん抱っこで。

ニワトリに似た鳥を捌《さば》いているところにも遭遇しました。おじさんが私の反応を気にしておりました。心配ご無用です。なぜならば、高校時代の友人の実家で何度も見たことがありますので耐性ありです。幼児特有の理解していない風を装いつつ、作業をしていた職員さんに、気になる点をたずねてみました。確認したところ、やはり軟骨は捨てているようです。もったいない。揚げ物の許可をいただければ、唐揚げにいたしますのに。

ちなみに私、現在、揚げ物は全面禁止になっております。

理由は2つ、【コスト】と【危険性】です。

権三郎がいかに優秀でも、初回は近くで指導しなければなりません。油とか高温ではねるものの近くに幼児を置くのは危険という判断ですね。早く大きくなりたい限りです。

お店に戻り、納品物を引き渡すと、たまごサンドの会会員3号が声をかけてきます。

「明日ですね。調理長から許可もいただいてますし、準備万端です。楽しみですね」

「ああ、全てはSパンのために」

敬礼してみます。

「全てはSパンのために。ちなみに同志会長。明日の朝、野菜と卵の仕入れをお忘れなく」

「抜かりない。既に話は通してきた」

「さすがです」

……ようやく敬礼が帰ってきます。そしてそれを見ていた父が「どっちも、育て方間違ったかな……」と呟いております。

失礼な。このエンゼルなマイルズちゃんと、有能な部下ちゃんを捕まえて何てことを言うのですか……。マーちゃん閻魔《えんま》帳に書いておきましょう。いつか後悔させます。

ん？　あ、クッキー焼いてくれたんですか？

「わーい、見せつけられて悔しかったのです。お父さん大好きです♪」

そっと閻魔帳に二重線で取り消しを入れておきました。命拾いしましたね……。

さぁ、午後からの自由時間です。何をしましょうか……。

そういえば、午前中に作った魔法道具はどうなったでしょうか……。まだ光ってます。驚きです。驚きの省魔法力。エコですね。マーちゃんに優しい、エコな魔法道具です。

なんとなく愛着が湧きました。【エコ】。いい言葉です……。

おっと、まだ光っているということは、水色の方は使えないのですね。

赤い方でやってみましょう。色によって違いとかあると、勉強する時に楽しそうですね。

真面目に魔石へ向き合いましょう。基本の【光らせる】はできました。基本ができたので、少し応用してみましょう。どうしましょうか。

ふと、前世のプレゼンで【レーザポインタ】を使っている人を思い出しました。

あれ、見やすいようで見づらかったなぁ。でも光で作れるとしたら、あれかな……。

思い立ったが吉日です。早速条件を考えてみましょう。

まずは、赤のレーザポインタが多かったですね。たぶん、赤外線の方が扱いやすかったのでしょう。

実行【赤外線を射出】

次は持続時間ですね。別に継続的に出したいわけじゃないので、特別条件は必要に応じて、ですかね。

おや、これだけ？　……いや違いました。このままじゃ全方位に発射しちゃうな。

条件【魔法力の入力があった面と反対に射出方向を設定】かな？

おっと、もう1つあった。光の波動調整だな。このままじゃ単なる赤いライトだもんね。

……確か……コヒーレント光、だったね。

条件【射出する赤外線をコヒーレント光とする】

う、うーん。これでちゃんとできるかな……。取りあえず魔石に書き込んでみよう。

・入力された魔法力をエネルギーに変換
・魔法力の入力があった面の反対側を射出方向とする
・射出する赤外線はコヒーレント光とする
・赤外線を射出

よし、魔法力で定着！　いってみよー！

周りをゆっくりと見まわし、警戒状況を確認します。

いつものように、拾ってきた魔石を眺める私。この魔石、サイズが小さすぎるため、【くず魔石】と呼ばれる使い道のない石で、日本で言うとビー玉のようなものでした。ですので、幼児の私が【くず魔石】を眺めてぼーっとしていても、不思議な光景ではないのです。

ということで、早速魔法の定着に挑戦します。前回の経験から想定すると、書き込みが完了すれば光りだすはずなので、そっとばれない速度で、魔石をポケットに入れます。

ちらりとポケットの中を見ると、魔石が光りだしました。隠して正解なのです。

しかし、魔石が妙に長く光っているので、ポケットに入れておくのが少し怖くなってきました。なので、ポケットから魔石を取り出すと袋にしまい、お庭の端っこに置いておきました。

魔法発動時も、直接魔石を持って発動するのが怖くなってきました。なので、杖を作ることにしました。まずは、近くに落ちていた比較的まっすぐな枯れ枝の先を、直角になるように折ります。次にお家から、麦から作ったという糊《のり》を持ってきました。あとは落ち着いた魔石を枝の先に付けるだけです。

準備万端になったところで、袋を見にいきます。魔石の光が落ち着き、ほんのりと色が付いている程度になっていました。

正直、この時点では「コンパイル長かったな」ぐらいにしか思っていませんでした。できあがった【赤い魔石】を太陽に透かすと、3本線が妙に蛇行してます。大丈夫でしょうか……。少し不安になりました。ですが、やらずに後悔するよりやって後悔しろ、とも言います。こういう時は安全マージンをモリモリにしてGOなのです。

ということで、準備していた木の棒の先に指先大の魔石を糊で貼りつけ、不格好な魔法使いの杖が完成です。では、いざ実験です。

目標は2メートル先の岩にしましょうかね。

必要魔法力は少し高めに設定して、っと。「おかーさん。今こっちで遊んでるから近づかないでねー」と連絡すると、洗濯物を取り込んでいた母が「何なに？　何してるの〜」と寄ってきます。後ろにいてくれれば危険性もないでしょう。そう判断しました。

……ではいざ！　なのです。

このあと、私はつくづく不幸のもとに生まれてきたのだなと思い知ることになります。

やってしまった直後は、本能に従ってましたので、何も考えられませんでした。

先に記述した方がいいと思い、ここに記します。

「では、3秒後、魔法力を通します……3、2、1」

実は魔法力を木の棒に通したことがなかったので、魔石まで魔法力が通じるのか不安でした。

しかし、順調に魔石まで到達したようでした。ここまでは私も成功のイメージしかありませんでした。

それは、魔石が光を持ち、ブン、という音を出したのと同時でした。庭に突風が吹き、真横に干されていた洗濯物が、射線上に舞い上がります。しかも舞い上がったのは、母のお気に入りのワンピースでした。次の瞬間、ジュッ、という音で、私は逃げ出したい本能に襲われました。

ですが、そっと……、でも力強く、私の肩に載せられた母の手は、逃がしてくれないことを如実に語っていました。

失敗した時、社会人としてやるべきことは2つ。迅速に影響と対策を練ります。そして誠意を持って……謝ります。

その原則に従い、私はすぐさま反転すると、木の棒を手前に置き、母に向かって誠実に、土下座をするのでした。

「申し訳ございませんでしたーーー！」

怒られても被害は最小に、お互いの信頼関係は、失敗した時に、それを隠さず誠意を持って対応してこそ、構築されるのです。

さぁ、母よ、煮るなり焼くなりしてください。

ん？　明日の【Sパンの会】に参加させろ、ですか？

あ、はい。喜んで。ていうかなんで、【Sパンの会】のことを……いえ、不満はございません。

ご参加、嬉しく思います、マム！

さて、祖父のところに行って追加発注しなければですね！　はぁ……。

結局「魔法道具を勝手に勉強していた」「魔法道具を勝手に作っていた」という罪状を追加されたお説教会は、夕食後にも長く続きました。助けてほしかったのですが、救援は来ませんでした。皆さん目を合わせてくれません。

マーちゃん閻魔帳は、今日も追加項目が多いです。

◆◇◆◇◆

やって参りました、お披露目の朝！　清々《すがすが》しい想いを胸に、今日も元気なマイルズ3歳です。

……同志諸君。視線が痛いです……。

ちゃっ、ちゃうねん！　私の責任は母だけなのです。他の方々は知らないのです。声高に冤《えん》罪《ざい》を主張します！

現在、我が家の食卓では【秋のSパン祭り】を開催中です。

当初は父にネゴを取り、この12人がけの食卓と自宅の窯を使って、会員だけのパーティの予定だったのですが……。

なぜだか分かりません。我ら、たまごサンドの会会員5名とともに、母、祖母、ミリ姉、祖父、父が座っています。全員、さも当然とばかりに、これから出されるサンドイッチを心待ちにしているようです。

メンバー倍増です。朝の仕入れの時に、なぜだか上機嫌の祖父が【予定の倍の量】を渡してきたのは、そういう意味なのでしょう。

まぁ、この際です。食べる方が多いと、その分ご意見も多くいただけると納得しましょう。

ですが、解せない方が2名います。

母の参加は私の不徳のいたすところ、祖母と祖父は自由人なのでお手上げです。

ミリ姉、あなた今日、学校は？

さも当然のように、朝から庭で剣を振ってらっしゃいましたが、そもそも学校はいかがなされましたか？

え？　母と祖母公認？　文句が来たら潰す？　……物騒ですね。しかも、本当にやりかねない。……モンスターがいます。モンペ《モンスターペアレント》がいます！

……え？　何も申しておりませんよ、お嬢様方。

会員たちは夜担当だから大丈夫なのですが、……オーナー様。おサボりでございましょうか？

愚息としては心配でなりません。

……ほう、代わりにザン兄を置いてきたと？　ミリ姉と同じ問題があります。しかも、ザン兄では代わりになりません。むしろ致命的なミスと言えます。早めに現場に戻られた方がいい、飯マズは現場で起こっている！　と愚考いたします。

さて現在の状況ですが、提供量は倍増しましたが、仕込みは問題なく（権三郎が）完了させ、皆さんにお茶をふるまっております。

権三郎には、おやつ用の【砂糖いっぱい贅沢パンの耳ラスク】を焼いてもらっていました。

その横では、私がコンソメスープもどきの味を最終確認です。権三郎がフーフーしてスープを冷ましてくれます。味は問題なかったので、皆さんに配ってもらいます。

概ね好評です。

というか、ラスクの消える速度が半端ありません。食べすぎ厳禁なのですよ。このあと、Sパン祭りが開催されるのですから！

ほう、肉体労働は食が基本ですか。母と祖母とミリ姉はデスク……いえ、何も申しません。

YES、マム。美味しいは正義なのです。

そんな感じで、微妙な空気で準備時間が過ぎていきました。

たまごサンドの会会員5名は、上役との同席がよほどプレッシャーだったのでしょうか、脂汗をかきながら、私にすがるような視線を送ってきていました。

私はそれとなく気付かないふりをしました。3歳に何を期待されているのですか？

……そろそろ、寝かせていたサンドイッチもいい感じになっていますかね。

被せていた濡れ布巾を外してもらい、権三郎に一口サイズと、私には見慣れた三角形に切り分けてもらいました。そしてそれらをいくつかの大皿に盛り付け、皆さんのテーブルに配膳いたします。

卵、ポテト、キュウリ、アボカド、トマトなど、色とりどりの具が挟まれたパンたちが並びます。私もミリ姉の隣に座り、権三郎が取り分けてくれるのを待ちます。

……いえ、待てません。

取りに行きましょうと手を伸ばそうとしたところ、体を伸ばせませんでした。

ミリ姉を見ると、一見お茶を優雅に飲んでいるようですが、手元に紐が握られております。

そんな様子を、祖父は笑いをこらえて眺めています。

ええ、そうです。先日の魔法道具騒ぎで、家族会議から突き付けられた罰がこれなのです。

そう、幼児用のリードです……。まぁ、いいです。良くないですが。この場はいいです。

取り分けられたサンドイッチを前に、皆さんそれぞれ、試食が始まります。皆さん笑顔です。

たまごサンドの会会員5名も、実食となると緊張から解放され、それぞれに意見を言い合っております。

このように、試食会に参加した者たちは、見事にサンドイッチさんに魅了されております。

その様子に満足した私は、一生懸命食していたたまごサンドを一旦お皿に置き、たまごサンドの会会員5名に視線を向けます。

「どうですか、これがたまごサンドの真価です」

「素晴らしいです」「美味い！」「グッド！」「会長のたまごサンドは化け物か！」

真のスペックが披露されたたまごサンドを肴《さかな》に、我々たまごサンドの会会員一同がホクホク顔で盛り上がっていると、権三郎がお皿を持って現れました。

「あちらのお客様からです」

お皿にはたまごサンドが山盛りでした……。そう【あちら】の皆さんに配った分ほぼ全てです。そして権三郎はさも当然のように、たまごサンド以外のサンドを、我々の大皿から奪って行きます。

止めようとするとリードが張ります。今着ている革のベストの背中の中心から伸びている紐が、私の行動を遮ります。

ミリ姉は終始ご機嫌で、サンドイッチをぱくついています。だが、紐は離してくれないらしいです。

不満に思いながらも、他の皆さんの様子を見ていると、祖父は自分が仕入れたアボカド風作物の食感にご満悦のようです。祖母と母は、ケチャで味付けしたお肉を挟んだサンドがお気に入りのようです。ミリ姉はオールラウンダーみたいです。マヨ以外。……やはりマヨには人権がないのでしょうか。

父は何やら、「至高・究極のメニュー」とかいう企画を持ち込んで、不良社会人となってしまった息子がリストラされないため、時に対立をあおり、時に共に盛り上げている苦労性の和服高齢男性然とした厳しげな表情で、しっかりと味を堪能していました。

美味しく、楽しい食事会の時間は過ぎていき、やがて終わりを迎えました。

私の人権さんも、終わりを迎えます。

ミリ姉。貴方の弟への評価をお聞きしたいところです。

ザン兄については【下僕】。バン兄については【癒し動物】。とか思ってませんか?

その中で、私はどのような立場なのでしょうか?

聞きたいけど聞きたくないです。どうしましょう。……取りあえずリードから手を放していただけないでしょうか。人権を取り戻したいです。

……こうして【Sパンプロジェクト】は日の目を見ました。やはりサンドイッチはSパン。

父にも褒《ほ》められ、会員からの敬意も感じます。ただ、このリードが私から人権を奪っています。自由が、自由が、自由がほしいのです。

【強制リードの刑、1週間】――意外と重い罰のようです。

◆◇◆◇◆

最近、またマーちゃんが暴走気味です。マーちゃんの母親、ミホ・ラ・アルノーです。

いろいろと画策しているのが、密偵経由でバレバレです。

ですが、油断しました。河原で極小の魔石を拾ってきたのは知っていましたが、あんな小さなものに魔法回路を定着させるなんて。一研究者として【すごい】と褒めてあげたいです。ですが、魔法道具に関わらないという約束を忘れてますね、これ。

実験する際に私を呼んだのは評価してあげましょう。でもね、なんて兵器を作ってるの？ マーちゃん？

その夜、犯人は必死に「光を使った、ただの差し棒を作りたかっただけ」と言っていました。

目的や経緯はどうあれ、結果は兵器です。情状酌量の余地がないです。

「小さな貴方は、ちょっとしたことでも、すごく痛い目にあうのよ？ 大変でしょ？」と諭します。

犯人は大人しく反省しておりました。ですが、これは再度同じことをしそうな反省の仕方です。……いつでも誰かの監視および静止が必要ですね。

ということで、これから1週間、これを着てください。そして反省してください。

似合ってますね。かわいらしいです。

なぜでしょう。こう紐を持っていると、何か違う感覚が湧き上がってきます。

あなた、紐で縛られてみませんか？

興味がない？　私は興味があります。

ええ？　拒否権？　結婚した時に捨てたはずですよね？

私は持っていますが。うふふ。

◆◇◆◇◆

私、賢者リーリア・ゼ・アイノルズは、どうしたものかと自室で頬杖をつく。

義理の娘から、孫であるマイルズが作ったという魔法道具を渡された。義娘はこれを平然と持っていた。

やはり同じ研究者とはいえ、畑違いでは理解できないらしい。

これの恐るべき点は、義娘が言うように、本来【複雑な魔法回路】が定着しない極小魔石に魔法回路を定着させたこと、それもそうなのだが……それよりもこちらの【杖】の方だ。

驚きだ。

魔法力伝導効率が極めて悪い木材に、魔法回路が組み込まれている。

そう、史上数例しか確認されていない、伝説級の魔法道具が、操作できる状態で、私の手元にあるのだ。どうしたものか。

魔石は魔石で貴重だが、この杖とは比べものにならない。私は慎重に杖から魔石を取り外すと、王都の研究室に分析を放り投げた。３日後、研究室を覗いてみると、眼の下に隈《くま》を作り、横揺れしながら、研究員たちは議論を重ねていた。いい傾向である。

さて【杖】の方だ。どうやって魔法回路を定着させたのか、どうやって魔法力を流せているのか。実際に動くサンプルがありながら、情けないことにいまだ理屈さえ想像もできない。これは生成過程からの再現実験が必要だ。そのため私は、杖の性能検証を継続しながら、その時を待った。

そう、私が孫のリードを持つ番を。

お膝の上にマイルズを乗せ、再現実験をやってもらうことにした。取りあえず両手に１本ずつ、短めの杖を持たせ、木の枝と同じように杖を作成できるか、やってもらった。

結果、あっという間に、しかも簡単にやってのけたのだ。

唖然とした。完全な力押しだ。ここまで無理矢理な力押しなど考えてもいなかった。杖が破損し、構築途中の回路が暴走する、と想定していたのだが……。

そんな、常識では考えられないものを完成させたマイルズは、完成させた杖ではなく……、さりとて私でもなく……、先ほどからずーっと【息子に作らせたクッキー】を見ている。研究中につまめるように、指先で持てるように小さく作られたクッキー。それを凝視していた。

成功させたご褒美《ほうび》に1枚与えてみた。

非常に喜んでいた。そして自発的に杖を新しいものに持ち替え、同じ作業をする。

マイルズは杖を完成させると、同様にクッキーに視線が釘付けになった。

……クッキーを与えてみた。

面白いので繰り返してみた。クッキーが残り少ない。徐々に単なる力押しではなく、樹の繊維に沿って一気に構築、定着させている。それまでは分かった。

もう少し分析したい。

そういえば、王都で評判の店のクッキーをもらったな、と思い出して机を漁《あさ》る。

机周りからクッキーと、昔、師匠から受け継いだ【賢者の杖】を見つける。

もう完全に機能を失った【賢者の杖】。カビの生えた、権威だけの木の棒。

なぜそんなものを後生大事に持っていたのか。そう、このためか……。

私がマイルズの元に戻ると、マイルズは目に見えて落ち込んでいた。

どうやら持ってきた杖全ての処理が終わり、「もうクッキーを食べさせてもらえない」と落ち込んでいたようだ。そういえば、12本もあったのに、こんなに早くなくなっていたのか……。

落ち込んでいるマイルズに廃棄物（予定）の【賢者の杖】を見せて、「この杖を直してくれたら、このクッキー全部あげるよ～」と言ってみた。マイルズは、今まで見たことのない真剣な眼差しで杖に向かう。

神聖な魔法力を湛《たた》える【賢者の杖】を、愕然と眺める私。

マイルズはクッキーに夢中である。もはや【賢者の杖】については【汚い木の棒】扱いだ。

食べすぎ注意と権三郎に止められる将来が見えるが、今はそれはどうでもいい。

今までとは別な方向で、マイルズの将来が不安になってきた。早めにどこかの権力者の娘と婚約させ、名実共に重要人物として警護した方がいいかもしれない……。

◆◇◆◇◆

こんにちは。本日の天気は曇り模様です。マイルズ3歳です。

皆さん、【人権】という言葉の意味、考えたことありますか？

まだ私の中でGO〇GLE先生が健在だった頃……、たずねたことがあります。

確か、発生自体は18世紀や19世紀、産業革命後に裕福となり、満たされ、冷静になった一部の方々が、足元の奴隷を見て、「自分がそこに落ちないための保険」。「衣食足りて礼節を知る」と中国の故事にあるように、満たされたら気付いてしまった、逆転される危険に。それを真剣に考えた結果の【保険】なのです。つまりは、自分たちが行った残虐な蛮行が自分に向かないように、最低限の保証を、皆に分かりやすく、共通認識として設定したルール、そう【建前】。

弱者を踏みにじった【正義】が自分たちに向かないように考えた仕組み。

そう、日本にいた時も知っておりました。文化が進もうとも、世界に人種差別は健在です。

なぜでしょう？　能力主義での区別は納得しましょう。生まれで分けるのは差別です。何でそんなことができるのでしょうか？　理屈は分かります。ですが、現代日本で生まれ育った私の理性論は、理解を拒みます。

……話がそれました。人権は、成り立ちこそ後ろ暗いものですが、現代地球での使われ方は至って健全です。その健全性をもって、私は大きく主張したい。

「……この紐、外してくれませんか？」

今日、この時間、「マーちゃん番」はザン兄です。

夕食時に向けて、各種野菜の皮むきを真剣に行っております。目の前の権三郎と並んで包丁使いが見事です。本当に9歳なのでしょうか？　9歳といえば、まだ包丁を使うのに監視が必要な年だったはずです。

ちなみに私の日本にいた時の楽しみは、娘（7歳）と一緒にお料理をすることでした。昼休みに料理本を読んでいたのはいい思い出です。ゆくゆくはお料理道具の専門店街に行くイチャイチャデートが夢でした。もう、日本に戻っても叶わない夢なんですがね……。

それにしても、2人の包丁使いは見事です。

私も2人の横で、お芋をゴシゴシ洗ってお手伝いです。

ふむ！　思い出した。こういう時の言葉があったはずです……。私は自己の英知を絞り、言葉を紡《つむ》ぎます。

「何とかに刃物」

あ、いや違った。やばいやばい、声に出てませんね。セーフ。マーちゃんギリギリセーフ！

私は野菜の土落としの仕事をしながら厨房を見ます。

たまごサンドの会副会長が、野菜の切れ端を生ごみに仕分けしています。もったいない。かき揚げにすれば美味しいのに……。こちらの世界では、一口に【生ごみ】と言っても、そのまま捨てられるものではありません。肥料とすることが義務付けられているそうです。江戸時代の日本ほどではありませんが、エコですね。江戸時代の日本、舐めちゃいけませんよ？　超リサイクル社会ですよ。時間がある人は先生に質問するのがいいと思います。

他の人たちの仕事を見ていると、厨房はまさに戦争状態のようでした。

いつもおちゃらけている【たまごサンドの会会員】でもかっこよく見えます。

職人補正ってやつですね。

世の女子の皆さん、惑わされてはいけません。仕事に真剣に向き合う男が、女の子にも真剣に向き合うとは限らないのです。プライベートはいい加減な男も多いのです。何でしたら、うちの会社の若手の方がしっかりしていて将来性ありなのです。興味ありますか？　残念！　異世界からは、連絡手段がありませんでした！

ふぅ。かっこよさはないですが、愛《め》でるのであれば、ぜひともこの天使系幼児マイルズ3歳を！　ぜひに！　ぜひに！　……おっと、エキサイトしました。

どうどう、と自分をなだめながら、戦場（料理場）の中心地で采配を振るう父を見ます。

ああ、父の料理はどんな味なのでしょうか……。

この間おねだりしてみましたところ、「マイルズが自分で稼いだ金で食べに来たら、精いっぱい振る舞ってやる」と大きな手で頭をゴシゴシされました。

親の大きさを知る感動のシーンなのですが……、……私の視線は、手首に刻まれた荒縄の跡に注がれてしまいます。

いい場面なのです。ゆくゆくは私のモチベーションにつながる場面なのです。

……なのに、昨晩ご夫婦は何をされていたのでしょうか？

え、私の下ですか？

妹希望です！　断固としてかわいい妹がいいです。というか、まだ作るのですか？

はぁ、魔法力のおかげで全然いける？　何か、魔法力って言葉を出せば全て許してもらえるような流れですね？

回復魔法とかあるのですか？　……あ、あるのですか。ふー、ファンタジー（投げやり）。

さて、お手伝いも終了し、厨房から食材をもらって、私たちのご飯作成です。

自宅の調理場に着くと、残念兄さん、じゃなくてザン兄が、真剣な面持ちで私を見ます。

そんなに見つめられると照れます。でもごめんなさい。同性は無理なのです。私はそちら方面では清い体のまま生涯を終えたいのです。いくら大好きなザン兄でもそこは譲れません。

「マイルズ、勝負だ！」

包丁をこちらに突き付けて、ドーンという効果音が聞こえそうです。

突き付けた瞬間、静かに権三郎に取り上げられてお説教されています。

「人に刃物を向けてはいけません！」ということです。……無理からぬことです。

「とにかく、勝負だ」

「何で？」

私は包丁を持てません。火を扱えません。油は接触禁止、禁断の愛です。何もできない私と、どんな勝負をするというのでしょうか？

「お前のケチャ料理を食べた時、兄として、料理人を目指す者として、俺はお前に勝たなければいけない！　そう思ったんだ！」

熱い人です。嫌いではないです。こういう人がいると、討論が理論的に進まず難儀するのですが、個人的には嫌いではありません。ゴルフとか一緒に行くと楽しい人だったりしそうです。接待ゴルフしか行ったことのない私ですが、プライベートでいつか行きたいものです。受注業者の人たちに呼ばれ、行かざるを得ないことが年に数回あったのです。いわゆる接待ゴルフってやつです。あれ、終わったあとの精神的な疲労といったらなかったですね。何で日本人のおじさまたちはゴルフが好きなのでしょうか。せっかくの子供たちとの触れ合い時間を潰されたり。でも仕事発注してるし、ちゃんと取引してもらうためにも、良い人間関係を築かねば！と思って参加しておりましたね……。

「話は聞かせてもらったわ！」

ミリ姉、貴女最近、神出鬼没な気がします。どなたに似たのでしょうか。私には2名ほど心当たりがございます。が、口に出さないのが吉でしょう。大人の保身術ってやつです。

「話は私が話を通してあげる！　2人は存分に準備を進めなさい！」

と言って、風のように駆け抜けていきます。その姿だけは10歳の可憐な女の子なのです。

で、結局、勝負することになりました。

権三郎はパンを焼き、サラダを作って配膳準備です。

ザン兄はどうやらジャーマンポテトを作っているようです。私は好きですよ。独身時代に友人と一緒に恵比寿のビール工場を見学したあと、ビール片手に食べた記憶が鮮明です。好きな料理です。そしてその料理、ケチャ大活躍ですね。平べったいそれをザン兄（9歳）は未成熟な体で悪戦苦闘しながら作っています。頑張れ。

さて私ですが、権三郎が他の作業で手一杯なので、やることがありません。

皆が集まり始めて、権三郎の手が空き始めたところで、【私の最終兵器】を茹で始めます。

権三郎が座っている皆さまに【本日の趣旨】を説明して戻ってきた頃、そいつはいい感じで茹で上がりました。水気を切り、軽く切れ目を入れてフライパンで焼き目を入れます。

1本20センチ。1人2本。

お皿にケチャとマスタードを添えて、提供します。

そう、祖父農園製のソーセージ（既製品）です。

夕食が並びます。残念定食ではないことに皆さん喜んでいます。……失礼ですよ？　皆さん。

ザン兄は私のソーセージを見て愕然としています。

そもそも私は、勝負を受けるなど一言も言っていません。流されて勝負形式になっただけです。

さて実食です。

うん、パリッとして美味しいです。なぜだかドイツ語を叫びたくなります。

ドイツビール祭りとか、もう一度行きたいですね。ドイツ人の方々。ぜひ異世界まで出張しませんか？　生活の保障はしませんし、そのあと苦労の連続ですが。いかがでしょう？

祖父は日本酒片手にソーセージをつまみます。ジャーマンポテトにもご満悦です。祖父が早々にソーセージを食べ切って寂しそうにしていると、すかさず権三郎がお代わりのソーセージのお皿と空き皿を入れ替えます。「そうなると思っていました」という顔です。権三郎は案山子です。……どこに向かって進化してゆくのでしょうか……。このアンドロイドの行く末が気になります。一友人として、幸せになってくれることを切に願っております。

さてそのあとですが、祖父のお代わりを見たケチャラー3姉妹の目が燃え上がります。早いペースではないのですが、しっかりとお代わりします。

……お腹のお肉とか大丈夫ですか？

え？　それも魔法力？　……ドラえ〇ん並みに便利ですね、魔法力……。

楽しい夕食が終わると、そこには何も残っていませんでした。

お互いの料理が好評を得たので、ザン兄と一緒にやる後片づけが楽しいです。

今日はザン兄がお風呂に入れてくれると言い出したので、ルンルン気分で抱えられます。

そんな穏やかな夕飯の後片づけ時、皆が存在を忘れていた父が現れました。ご覧の通り一片の料理もございません。

お父さん、お仕事ご苦労様です。

家族は、貴方が頑張る姿を、ひと時も忘れたことはございません。きっと。

職場で美味しいものを食べてるとか「賄いが豪華だ」とか「デザート研究と称して野郎どもだけでお菓子パーティーをしてる」とか、知っていて閻魔帳にカキカキしてたりなどしないのです。たぶん。

取りあえず、ふてくされてしまった父のために、ザン兄のジャーマンポテトは後日作ってあげることになりました。お風呂でザン兄は上機嫌でした。本当に料理が好きなんですね。

個人的にはハンターの方が向いてる気もしますが。もう騎士なんか目指したら、最年少団長とか狙えそうなくらい刃物扱い上手なんですが。

ん？　何？　耳が遠くなったのかな？　今ぽろっと「料理人になる最低条件はドラゴン討伐」

とかおっしゃりました？

気のせいですよね？　そんな最低条件だったら、料理人だけで世界を支配できますよ？

え？　意外といける？

今日、ザン兄は、私の中でまた別な意味でのザン兄（残念兄さん）になりました。

悪質な大人の洗脳から、早めに解放されるといいですね。

……なんかそれより前に、ドラゴンを狩ってくるような気がしてなりません。弟としての直感がそう言っております。うん。その直感、見なかった、聞かなかったことにします。

では皆さん、おやすみなさい……。

◆◇◆◇◆

雨上がりの午後、皆さまいかがお過ごしでしょうか。マイルズ3歳です。

現在、私の眼前の盤面には、白と黒の石が並んでいます。

私が隅に石を置くと、挟まれた石がひっくり返り、私の白い石が優勢になる。

そう、あの対局用盤ゲームです。

この異世界文化嫌いの世界で、珍しく普及している異世界の遊びです。

正確な表現は「異世界でも存在した遊び」らしいです。異世界人たちが持ち込もうとしたけど、この世界では300年も前からあったようです。

【リバルの石遊び】というのが正式名称らしいです。

大陸東部のリバルさんが孤児院で始めたのが発祥らしいです。

リバルさん。異世界人？

でも日本のあのゲームって、発明されたのは数十年前だったから関係ないんだろうな……。とか思いながら対戦相手を待ちます。

ところで、皆さんは【運命の必然】という言葉について、ご興味はないでしょうか。

とある世界大戦で、戦地から遥か後方ということで、公然と死の商人をし、戦争後、戦争当事国であった強国たちが貧困に喘《あえ》ぐなか、死の商人をして得た経済力で世界を支配した国があったとしましょう。その国は、戦争で得た強大な経済力と軍事力を背景に、文明・文化レベルを向上させました。

では【世界大戦が回避された】としたら、どうなったでしょうか？

ここで考慮すべき要素は2つ。

【世界大戦】と【文明・文化レベルの向上】です。

前者の【世界大戦】は、火種があったから発生した戦争です。時差での再現もあると思われます。

後者の【文明・文化レベルの向上】はどうでしょうか。死の商人をして、絶大な影響力を持ったからこそ、巨大な投資ができたからこその結果だと考えるでしょうか？

私は思います。人間種を1個の生命体とすると、人間の行動の結果としての病巣である【世界大戦】が病気として発症するのは【行動に伴う必然】である、と。

そして【世界大戦】とは関係なく、【文明・文化レベルの向上】という結果は、遅かれ早かれ訪れていたと考えられます。つまりはきっかけの違いだけ。【文明・文化レベルの向上】という、やがて訪れる流れの先のことを【運命の必然】と。

だからこう思うのです。【この異世界は元の世界に似すぎている】と。

植物にしても、人間の文明にしても、生活習慣、価値観にしても、似すぎています。これは元の世界の干渉、または元の世界と同一の存在による干渉、があるのではないか……と。

文明発展の流れが違う異世界で、これは奇妙すぎます。

人間種を1個の生命体とする、いや、元の世界で考えると、民族を1つの生命体と考えると、その顔は千差万別です。魔法なんて大きな違いがなくても、皆、特徴的すぎます。それが多様性。

では、この世界は何なのでしょうか……。

日本人の価値観に寄りすぎている世界……。私に都合のいい世界……。

やはり【必然】として、この世界には、異世界人が深く関わっているのではないでしょうか。

しかも日本人が。

【非道の異世界人】は駆逐されるべき病巣。では【非道ではない異世界人】はどこに行ったのでしょう？　本当に目に付かないところでただ生きて、死んでいったのでしょうか？

私は思います。【非道ではない異世界人】はこの世界の【運命】に深く関わっているのではないでしょうか。

そうすると、私もこの世界の【運命の必然】を回すための役者の一人。

大河の水滴の1粒に選ばれ、ここにいるのではないかと。

私は矮小《わいしょう》な一個人です。日本にいた時でさえ、私の代わりはたくさんいました。

努力を怠らず、前進し続けました。その結果「君でなければ」と言ってもらえたのです。

特別とは、個性とは、本人の努力と周りの理解が作り上げるものである、と私は理解しています。だからこそ、効果を考え、状況を理解し、先手を打つのです。自分にも何か【運命】があるのではと信じて。

……相手が次の一手を考えている時間で、変なことを考えています。それは自分でも理解しています。気付けば、対戦相手である帽子屋の主人が暇そうにしています。

既に一手打たれていました。

「坊ちゃん。ずいぶんな長考でしたな」

太ったヒゲが言います。トル○コって言いたいけど我慢です。マ○オと言わないだけ自重していると思っていただきたいです。

「ふふふ、お昼寝の時間だからな」

かっこつけてみます。……ついてない？　……嘘だ。

「まぁいい、坊ちゃん。この勝負にかけたものを再度確認しますぞ……」

私は、ゆっくりと頷きます。

「私が勝利した場合、『我らが天使、ミリアムちゃんと一緒にお風呂に入らない』と誓ってもらいますぞ」

大人気ないマ○オです。キノコ食べすぎて頭が逝ってしまったのでしょうか？　かわいそうに。

「ふふ、私に勝てたらですね」

ええ、一緒に入ったことなど一度もないのですけどね。今後もないと思うと、ちょっと寂しいです……。

「私が勝ったら……」

「ああ、分かっていますぞ。たまごサンド普及委員会を立ち上げるのですな。だが、マヨは拒否しますぞ」

「……それで構わない。そしてミリ姉を陰から見守る変態集団を卒業してもらおう」

マリ○は愕然と立ち上がります。ロリコン死すべし。

「一定の距離をとる応援ならば構わないが、今の距離は変態としか言えないのでね」

「ぐっ」

「さて」

私が石を置く。

「ぐぬぬ」

ヒゲが唸る。そして苦し紛れの一手を打つ。

「……」

次の私の一手で状況が確定する。ヒゲの手が止まり悔しげに頭をたれる。

「権三郎」

「はい、こちらがレシピです。明日よりルカス様の農園から材料が入荷いたします。お支払い漏れなどないように……」

「貴方にこの言葉を送りましょう。『YESロリータ、NOタッチ』適切な距離をお願いします」

私は悠然と立ち上がり、帽子屋を去……ろうとしたら、リードが引っ張られました。紐の先には、私のあまりの長考に、座りながら寝てしまったバン兄がいました。使命感に燃えてか、寝ていても紐を放してくれません。

私の人権は明日戻ってきます。

……戻ってくるのが【必然】ですよね？　戻ってこない【運命】とか言ったら、世界と戦争してやりますよ。ええ。

取りあえずバン兄を起こして、帽子屋を去ります。

去り際にマ○オが「幼児もありだな……」と呟きましたが、聞かなかったことにしたいです。ねぇ、違うよね。……違うと言ってよ。バン兄！

そこ我が家じゃないから、入っちゃダメだから。……ああ、綺麗なお姉さんについて行ったらダメ。

あ、お菓子ですか。はい、ありがとうございます。……ん？　真の狙いは権三郎ですか!?

権三郎、案山子デスヨ。え？　それでもかっこいいから問題ない？

……はい。この世界、日本とは似てません。あー、運命とかなさそうで助かるわー。

この世界で生きてゆくのがちょっと怖いです。でも強く生きたいと思います。

◆◇◆◇◆

「ルカス様、ご足労いただきありがとうございます」

分厚い扉と壁に囲まれ、窓もない地下室。

完全な密室で、頭頂部まで禿げ上がった男、バリナース・レ・エドリアズは、マイルズの祖父ルカス・デ・アイノルズを前に膝をつく。

「毎度言っておろう。儂は今、ただの隠居《いんきょ》ぞ？」

ルカスは呆れたように言うと、部屋の中心の一段高い場所に配置されている、いっそう豪華な椅子に腰を降ろし、サイドテーブルに置かれていた資料に目を通す。

「隠居？　ご冗談を。私にとって、ルカス様こそ至上の主君。過ぎたる態度などございません」

バリナース、齢48。公爵領の領都グルンドの代官である。そして長らくルカス直属の影、暗部の長を務めた男である。彼の一族は代々魔導公爵家に仕える諜報部隊【影】、その先代当主であった。過去形である。ルカス引退に伴い、彼も当主を次代に引き渡している。

バリナースは「自らの命は、最後のひと時まで主にお仕えするためにある」と公言して憚《はばか》らない男である。生き甲斐＝ルカス。そんな男がバリナースである。故にルカスは、当初バリナースには【後進の指導役】という危険のない名誉職を与え、その経験をもとに息子を盛り立ててもらう腹積もりだった。

公爵という要職から一線を退くことを決めると、ルカスに若干の余裕が生まれた。

ルカスはこれまでのバリナースからの滅私奉公への感謝として、遅まきながらもバリナースに家族を持たせ、裕福な安定した家庭で幸せに暮らしてほしいとも考え、計画していた。

だが彼、バリナースにとって、そんな抜け殻のような人生はまっぴらごめんだった。魔導公爵家現当主もバリナースの気持ちに理解を示していた。

バリナースはルカスを追いかけ、領都グルンドに向かおうとしていた。

魔導公爵家現当主は、そんな彼のために公爵領代官の席を用意した。

魔導公爵家現当主は知っていた。バリナースは20年前の事件をいまだ後悔していることを。

バリナースが本来仕えるべきは、20年前に亡くなった姉であることを。

魔導公爵家現当主はいまだ後悔している。姉の友人である異界人の本性を、底知れぬ悪意を見抜けなかったことを……。

その当時の魔導公爵家現当主は10代前半。笑顔の裏に隠された悪意に気付けないのは当然であった。

……だがその結果が、彼ら一家をいまだに苛んでいる。

「バリナース。それよりも、最近いい仲の女子《おなご》がおると聞いておるぞ」

ルカスは資料を読み終わりサイドテーブルに戻すと、いつもの好々爺《こうこうや》然とした表情でこの真面目な男を見る。

「ご冗談を、私は終生あなたの影。命尽きるまでお供をさせていただきます。そのために不要なものは持たぬ所存」

「全く、お主は……」

なぜこうなったか。ルカスは深い息を吐き出す。

「ルカス様、本日お越しいただだいた用件でございますが、こちらを……」

ルカスに黒い布で包まれた【薬莢】が渡される。

中身を確認すると「ふむ」と短く発する。

「魔王軍からの情報提供によりますと、我らが領地との境に【黄】と【赤】が出現したようです。魔王領南端の都市にて出没。捕獲しようとしたところ一般市民を人質に逃走。一般市民は魔王領南部の森にて遺体で発見されております。逃走先は我が領の……」

「北の森か。少々範囲が広いのう……。よし、防衛案山子部隊の利用を許可しよう」

防衛案山子部隊とは、ルカスが領都に移ってから追加で組織された1万体の遠距離攻撃装備搭載型の案山子部隊である。

「ありがとうございます。魔王様より『犯人は生きて引き渡してほしい』とのことです」

「……食われたのか」

「はっ、【赤】がやったそうです。発見現場ではその一般市民の首を飾り、食卓の花としてい

たようです」

いつものことだが、ルカスは惨状に眉をひそめる。

「魔王殿も怒り心頭といったところか……」

「はっ、使者殿もたいそうお怒りでした」

「はっはっは、やはり魔族は優しい種族よのう」

低く響くその声には、いつの間にか殺意が籠っていた。

「だが、戦で相対した時は修羅に変わる。恐ろしきやつらじゃ。そんな彼らの願い、叶えなければな……」

「はっ」

久しぶりの異世界人が、こともあろうにルカスの近くに現れた。そして、なにげなくルカスは声に出してしまう。

「中にタイチのようなやつがいなければいいがな……」

かつて自分たちの信頼を得た異世界人。

かつてルカスの娘に薬を盛り、娘の目の前で彼女の子供を解体して食らった異世界人。彼ら一家とそれに連なる者たちにとって、百度殺しても生ぬるい男の名前。

ルカスの手によって魂すら消去された男の名前。

「ご安心ください。どのような能力を持つ異世界人であろうと、このようなことをしでかした輩《やから》、……生まれてきたことを後悔させてやります」

ルカスは軽く頷くと、念のためにと釘を刺す。

「生きていればよい。生きていれば、魔王殿も理解してくれるであろう」

こうして北の森捜索隊が開始された。

……彼らは見落としていた。

異世界人は領都グルンドの北の森に出現し、彼らが知った際には【車両】にて南下していたことを。

徒歩の移動速度で異世界人への対策を練ってしまった。

【車両】ごと異世界人が来るのは初めての事態だった。だから気付かなかった。彼らがルカスたちの予測に反し、【西の森】に潜伏場所を変更していたのを。

それに彼らが気付くのは、３日後のことだった……。

◆◇◆◇◆

人権宣言です！

あの苦しい抑圧《リード》の日々から1週間が過ぎました。

あの行動を遮られるリードから解放されたのです。

私は〜〜〜、今〜〜〜、生きています！

さぁ私こと、今日もキュートなマイルズ3歳、張り切って朝のお勤めに参りましょう。

あれ？　祖母が降りてきません。代わりにミリ姉が降りてきました。

……待ってくだされ。その右手の服は何ですか？　何で笑顔なんでしょうか？

いえ、刑期は空けたはずです。人間としての権利を主張します！

「姉に対して弟が何か権利を持ち合わせているなんて……、いつから誤解していたの？」

ぐは！　なぜ直球？　今までさんざん遠まわしだったじゃないですか？　え、まさか説明するまでもないほどに常識なのですか？

「すみません……。着ます……」

「よろし、それでこそマーちゃん♪」

おかしいな、目から汗が流れてくるぜ。嗚呼、人権宣言って自国民向けでしたね。国内にいても、国民と認められていなければ人権はないのですね。シクシク。……あ、はい。嘘泣きをやめるので、抱えて歩くのやめていただけませんか？

そして、なぜ笑顔全開なのでしょうか。弟はぬいぐるみではないのですよ？　あ、飴ちゃんですか。ありがとうございます。ぬ、ロリコン同盟の気配を感じます。権三郎GOなのです。

悪（ロリ）・即・斬です。ミリ姉も満足したのでしょうか、降ろしてくれました。

しかし、さすがミリ姉。私を抱えて歩いても、疲れたそぶりも見せません。さすが騎士を目指すだけあって、体力づくりをしているようですね。できればアマゾネスのような筋肉ゴリラにはならないでほしいところです。

ミリ姉に手を引かれ、時計塔に到着すると、何やら張り紙が出されています。情報通信も江戸並みなのですね。と思いつつ、絵本で学んだ知識で読んでみます。分からないところはミリ姉に聞きつつ読み解きます。

ふむふむ。森には近づかないように、とのことですね。魔物でも出たのでしょうか。

むっ、また悪（ロリ）の気配を感じます。ふむ、正面からですか。なかなか見上げた根性です。よろしい。お相手しましょう。

「坊ちゃん、献上品です」

正面から現れた帽子屋の主人は、なぜかミリ姉ではなく私に笑顔を向け、手に持っていた箱を開きます。中にはたまごサンドが敷き詰められておりました。

「帽子屋殿、分かっておられる」

イメージ的には悪代官と越後屋です。黄金色のお菓子なのです。

お一ついただこうと手を伸ばすと、なぜだかギリギリ届かないところに愛しのたまごサンドが逃げていきます。

「驚いた顔も【ぐっ】ときますな。はぁはぁ」

きっ危険な臭いがします！

私が慄《おのの》き一歩下がると、帽子屋の主人は笑顔でたまごサンドを一切れ差し出します。俗に言う【あーん】というやつです。

ふふふ、いくら好物だからと、この私がホイホイと【あーん】を許すとお思いなのでしょうか？　こう見えても中身はエリート会社員。関連会社の役員さんたちとのお付き合いで高級店をいくつ知っていると？　舌は十分に肥えているのです。今さら庶民の味などでこの私が。

「あーん、なのです。美味いのです！　帽子屋の主人、ぐっじょぶです！」

もう一切れ所望します！　……え、ミリ姉、ダメですか。あ、はい。朝食が入らなくなる。あ、朝食、残念定食ではないですか。それなら入らなくても……。はい。食べ物を粗末にしてはいけませんよね。はい。ごめんなさい。

「ジズルさん、申し訳ございません。弟が失礼なことをしてしまったみたいで」

「いえいえ、坊ちゃんのおかげで食の幅が広がりました。感謝しております。一切れでも献上できたので私は満足です」

そう言って帽子屋の主人は箱をしまいます。……でも片手にはたまごサンドを一切れ持ったままなのです。

「ジーッ（ください）」

視線に気付いた帽子屋の主人は、たまごサンドを右に動かします。

私の視線はそちらに動きます。

麗しのたまごサンドは、今度はゆっくり左に移動します。もう目が離せません。帽子屋の主人、もう少し下げていただければジャンプ一発食いつけます。

「ジーッ（ハリーハリー！）」

たまごサンド姫は帽子屋の主人の厚意で私の目の前に来ました。あとで気付きましたが、帽子屋の主人の目の前でもありました。

パクっ。

帽子屋の主人は美味しそうに咀嚼《そしゃく》しています。

知ってた……。知ってたよ！　バカヤロー――ぐは。

走り出そうとした私ですが、リードに阻まれました。……人権さんはいつ帰ってくるのでしょうか。貴方のお家はここです。今なら何も言わず、許してあげますよ……。

「坊ちゃんはかわいいですな」

「はい。**バ**かわいい自慢の弟です」

ん？　かわいいの前に何か言いましたか？　え？　気のせい。ですよねー。閻魔帳に書き込もうかと思っちゃいましたよー。じゃ、帽子屋の主人、その調子で布教活動お願いします！

さらばなのです！　……ぐはっ。

「確かに、**バ**かわいいですね」

「ですよね」

もう、ミリ姉がどんどん我が家の女性陣として頭角を現してゆく……。

あの可憐だった姉上はいずこに！　……あ、元々いませんでしたね。ん？　殺気を感じます。

お家に帰り、薄味残念定食をいただきます。

む、クリームシチューの味が変わりました。ほう、余り物のソーセージですな。腕を上げましたなザン兄。ごちそうさまでした。

さて、本日は獣王様とのお茶会でしたな。

ん？　ミリ姉、リードを放していただけないでしょうか。このあと、ご公務なのです。

「大丈夫よ。その公務、本日私も同席いたします」

「ほほう、では早速着替えて参ります。このベストを外していただけないでしょうか？」

「不要よ」

「着替えないのですか？」

「大丈夫。貴方の着替えは私の部屋にあるから」

ニッとミリ姉の口角が少し上がります。魔王だ、大魔王がいる！

「大魔王様は今は大陸中央だよ。一度会ったことあるけどとっても優しいお爺様よ。聞かれてなくても失礼はダメだよ」

ごめんなさい。……だけど、私を抱えてお持ち帰りするのは何なのでしょうか。今とっても自然な行為でしたね？　あれ？　なんでお返事がないのですか？　あれ？　あれ？　あれれれ？

ザン兄！　あ、目をそらした。ならば、バン兄！　……親指上げないで。

2人とも……一度経験済みなのですね。

これは試練。兄弟に伝わる伝統的な試練！　……そういうことなのですね……。

なぜか用意されていたウイッグでポニーテールを作られ、ピンクのフリルが目立つドレスを着せられました。そのあと、アクセサリーは……とか、リボンは……とか散々弄ばれました。

……さっさと家を出発してしまいたい。

すぐに出かければ、毎日会う人たちにジロジロ見られる……のだけは避けられます！

そう考えていた時期が私にもありました。

「「マーちゃんかわいいーーー」」

出発前にお披露目会（公開処刑）が待っていました。

兄たちは足早に学校へと行ってしまいました。もしかしたら過去のトラウマが疼《うず》いたのかもしれません。私の前には自由人（母、祖母）が目をキラキラさせながら私の痴態を見ておりま す。この世界に写真がなくてよかった。

自由人ズの後ろには「これはなかなか」とか呟いている父がいます。

何がなかなか、なのですか？　これで目覚めたらだれが責任を取……ミリ姉取らなくていいですよ。なぜか後ろからピンク色のオーラが押し寄せてきたような気がします。

お二人のお気が済むまで堪能され、ついには「絵師を呼ぼう！」と、記録に残そうという一大事に発展しようとしました。さすがにそれは「獣王様をお待たせする」ことになるので、と収まりました。

ただ祖母が「あのワンコログらい待たせてもいいのに……」と呟いておりました。

豪農の妻、オソルベシ。獣人って、人間より高位の存在じゃなかったのでしょうか？

……ん？　ミリ姉？　その右手の……

ええ、人権さんは絶賛行方不明です。私はリードを持たれたまま馬車に乗り込みました。

……これは犯罪者の護送なのでしょうか。

そう私が絶望していても、馬車は何の問題もなく会場に到着してしまいました。

到着して、我々子供たちも大人たちにご挨拶です。まぁ予測通り、祖父が暴走しました。

皆さん、私は女の子に生まれた方がよかったのでしょうか？

最近男性差別をヒシヒシと感じます。でも残念、私の中身はおじさんなのです。冬にはおでんと熱燗で一杯やる人なのです。日本橋に良い店があるのです。20時ぐらいまでに行かないといい席にありつけないのが玉に瑕《きず》の良い店が……。ふむ、次のプロジェクトは０（オー）ですね。日本酒の酒蔵があるらしいので、そこの職人さんを上手く動かして……うふふ、熱燗の良さを広めてやろう！

……もうね、こうやって現実逃避しないとやっていられないのですよ。

孫かわいい病を発症した祖父でしたが、祖母の魔法一閃《いっせん》で正常な状態に戻りました。

護衛の方や獣王様が怯えていたのはきっと気のせいでしょう。獣王様といえば【神狼】と呼ばれたほどの猛者《もさ》のはずです。こんなどちらかというと祖母から【心労】を受けるような方ではないはずです。

ダジャレきた！　私、中はおじさんですので。えへへ。

さてさて、騒がしくなった大人たちの会場を通り抜け、子供会場に向かいます。

ここでようやく気付きました。本日【も】警備が物々しい。

ですが、迂闊にも気付きませんでした。前回「またね！」と言ってしまったがため、本日

【も】神獣の御子様がいらっしゃるということに。前回のことで警戒が強くなっているということに。警戒が上がれば、それ相応の実力を持った護衛が来ているのだということに。

全くもって不意打ちでした。その実力派の護衛が【地球人】であるなど、誰が想像できたでしょうか……。

その男は入り口に立っていました。

筋骨隆々、オールバックでサングラスをかけたら「アイルビーバッグ」とか言い出しそうな男がいました。そして私たちを見て笑顔になります。

「おや、ルカスの孫って【男の子】と【女の子】じゃなかったか？」

「すみません。私は男です」

よよよと泣き崩れてみます。すると男は爆笑です。

「ミリ、あんまり弟で遊んだらダメだぞ」

そう言うなら笑うのやめてください。

「ほら、マーちゃん。ご挨拶して」

「初めまして、マイルズ・アルノー3歳です！」

男はほほうと目を細めます。

「よく挨拶できたな、偉いぞ。俺はギース。異世界人だ」

私は目を剥いてミリ姉を見ます。「この方は大丈夫よ」と撫でられます。

「ああ、気にするな。慣れてる」

「失礼はダメよ。この方は武神の加護を持ち、【神獣の御子様の護衛長】を務めている方なのだから」

偉い筋肉のようです。

「ははは、無理ねぇさ。お前さんら家族は、あのくそ野郎の被害者だからな。俺も油断したよ。済まんことをしたと思う。俺にも罰を与えてくれていいのにな……」

偉い筋肉はそう言うと遠い目をします。

「まぁいい、規則だ。取りあえずお前らも視させてもらうぞ」

そういうと偉い筋肉から発せられた優しい光が私たちを包みました。

「OKだ。お嬢様方がお待ちだぜ」

そして私はリードでつながれたままポチ・タマ・ウッサと再会するのでした。

……――、外してもらうの忘れてた！

いや～～～～～～～～～～～～～～～～～、尊厳さんまでいなくなっちゃう！

◆◇◆◇◆

「異世界っていえば、先輩！」

私、マイルズ3歳が、勝だった頃の記憶の話。

いつの話だろうか。……ああ、終電を逃した金曜日の夜。会社を出て駅に向かう道すがら、泥酔した後輩2名に捕まった時だ。

翌朝、新幹線に乗って出張なんだけどな……と、げんなりとしつつも、楽しそうな彼らに付き合う。駅前の雑居ビル4階にある安居酒屋。お付き合いで高い店に行く機会もあるが、私はこういう店の方が好きだ。なにより接待費で落ちないしね、接待という名のあのお付き合い。

現在、先ほどまで「課長がこんなにいい人だとは思っていませんでした！　感激です」とぶっちゃけ、先行きと夢を語っていた後輩は、夢の世界だ。酔った勢いで色々とぶっちゃけてくれたな。まぁ、聞かなかったことにしてやるよ。

「聞いてますか先輩！」

「はいはい。で、いつ異世界に行く予定だ？　長期休暇になるなら申請出せよ（笑）？」

いつものように業務の愚痴《ぐち》を一通り話したあと、異世界ネタを話し始める後輩君の話を聞き流しながら、私はメニューに「熱燗」とだけ書かれた安酒をあおる。

「あー、先輩、手酌は出世しませんよー。もう。もっと出世して俺を引き上げてくれなきゃ」

苦笑してしまう。私と話す時の後輩君はこんなだが、仕事はできるやつだ。軽薄そうに見えて人間関係にも敏感だし、後輩のフォローも完璧。他部署・社外とのコネも豊富。困難にあっても諦めない粘り腰と、状況に応じてプライドを先行させず、周りに頼ることもできる。さらにミスも少ない。上司への態度さえ直せば……彼の上司も無能じゃないし、個人的感情を仕事に持ち込まない人だ。評価してくれるのにな。そんなことを考えながら、後輩君の言葉に耳を傾ける。

「先輩には夢がないっすね～。異世界に行けば男の夢、ハーレムが可能なんですよ」

「ハーレムって……俺は一人でいっぱいいっぱいだよ」

その時はまだ、元妻に夢を見させてもらっていた頃だった。

既に30代後半を迎え、仕事の忙しさもあり、女性1人相手するのが、体力も気力的にも限界であった。

「しかも！　ハーレムなのに女性陣は喧嘩《けんか》をしない。10股とかしても殺されないんっすよ。超ーーーうらやま!!　じゃないっすか！」

そう言えば、この間、二股がばれて深刻な顔してたな、こいつ。

「尽きぬ精力。ご都合主義の出産ラッシュ。いや～、王様になっても後継争いで血を見そう！」

後半！　夢を語るなら後半も！　オブラート&ドリーム！

「ハーレムねぇ……」

「そう！　男の甲斐性っすよ！　でかさを見せていきましょうよ！　色々と！」

悪い、俺の息子は普通サイズだ。あははははは。

あはははは。現状私、異世界におります。お姫様×3＋かわいいお姉さま＝ハーレム。なのでしょうか？　後輩君、チェンジしましょうよ。早く代わって。お願いします。

お姫様方とのお茶会が開始されるより、少し時間が戻ります。

子供の会の会場では、ポチ、タマ、ウッサ、いえ、ホーネスト様、ネロ様、神獣の御子様が既に着席の上、談笑中でした。

私とミリ姉は、このあとの展開を想像してやたらとニヤニヤしているギースさんと、権三郎に付き添われながら近づいて行きます。

「ふむ、今日は見慣れぬ子が来たな。かわいらしいではないか。どれ、お姉さんが抱っこしてやろうぞ」

初めにポチが気付きます。

……何でしょうか、この完璧なお姫様。こんなお姫様、私の知るポチではありません。ポチはもっと自然な馬鹿さがかわいい系の、癒し動物のはずなのです！

恥ずかしさが先に立ち、ミリ姉の後ろに隠れます。ミリ姉の背中が頼もしく感じます。

この時点で、事情を知る組が笑いをこらえ始めます。

……こら、そこの護衛！　手を抜きすぎだ！　ちゃんと護衛しなさい！

ごっ権三郎、何をメモしているのですか？

ん？　今の映像と音声を案山子ネットワークで共有中？　文字起こしのリクエストを受けた、ですと？　受け付けないでください！

そんな生放送、運営に言って中止（バン）させます。……ぬ、運営主は祖父ですか。無理そうですね。

「ほほう、かわいらしいのう。マイルズもかわいかったが、この子は百倍かわいいのう」

ポチがその馬鹿犬特性をいかんなく発揮します。これ、ばれた時に赤面パターンです。墓穴を自ら率先して掘っていくスタイルですね。まぁ、私も一緒に掘るのですがね。知っていました。

ポチ、オカエリ！

「……食べる？」

クッキーを見せつけるタマ。ふふ、そんな単純な手に引っかかるはずが。うん、これバター使いすぎです。料理人、料理人はどこですか！

「「「かわいいー♪」」」

タマに撫でられ、お姫様トリオが頬を緩めます。それよりもお代わりはまだですか？

「私の分もあげるね」

ウッサが近づいてきます。……先日の人見知りはどこに行ったのでしょうか。ほほう、チョコクッキーですな。神獣様は良いものをお持ちで。

「これ、ギースのお手製なんですよ♪」

何ですと！　偉い筋肉の人、そんな特技をお持ちだったのですか。ぜひ連絡先の交換をしましょう。今度のお休みいつですか？　うちの店でお話ししませんか？　後悔させませんよ。

偉い筋肉の人製のストロベリークッキーもいただき、お茶を飲ませていただいた時点で、ようやく気付きました。やつら爆笑してやがる。くっ、どうする？　私の残された手は。

「あら」

私がタマの膝から降りると、残念そうな声が聞こえます。

極力声を出さないようにほぼ無言で、クッキーのお礼をします。いっつ、なちゅらる！　まさに自然な動作です。マイルズ君、10点満点！

このまま、馬車まで逃げるのです!!

いえ、戦略上一時的な【後退】です。【後方への前進】なのです。一部の隙もなく、優雅に、なちゅら……ぐは。

思い出したかのようにリードを拾ったミリ姉が引っ張っています。離して……は、くれないのですね。なんか母に似てきましたね。将来、ミリ姉と一緒になる男の方、頑張ってください。

「ミリ殿。何じゃ、その紐」

リードを指さしてポチが興味津々です。そうです、ポチ。私の人権を取り戻すきっかけを！

さぁさぁ次の言葉です。

「この子、好奇心が旺盛すぎるの」

仕方なくやっているのです、とでも言いたげです……。異議あり！　私の人権が侵されております。人としての権利を主張します。

「ふむ、じゃが。それはそれでかわいらしいのう」

「ですね」

「私も持ってみたいです」

おい、最後の。ウッサ。君、なんてこと言うんだい。

えっ「持ってみますか？」……だと！

まっ、待て、姉上。話し合いましょう。私の人権を売り渡すのはやめましょう。まさかのバーゲン価格並みの気安さですよ！　ウッサ！　すっごくいい顔ですが、その紐は奴隷の首輪と同じです。

友人を奴隷にしても、気持ちいいものではありませんよ。皆様。では！　……三十六計逃げるに如《し》かず。……ぐほ。

ウッサに渡されたリードがぴんと張りました。……ウッサにも汚されてしまいました。

……ねぇ、偉い筋肉の人。先ほどから周囲に気を配らないで「これ、いつネタばらしくるかな」という方に気を配っているけど、貴方、神獣の御子様の護衛隊長だよね？ ロイヤルガードだよね？ むしろ神様護衛だからゴッドガード？ 職責に見合う態度を要求します。

「かわいいですね」

「かわいいです。うちのマイルズは、**バ**かわいいです」

「「「……」」」

空気が固まります。orzで沈む私。爆笑する偉い筋肉の人。無言で親指を立てる権三郎。ドヤ顔のミリ姉。情報を整理するお姫様トリオ。

衛生兵！ 衛生兵はいないか！ ここに（精神に）傷を負ったものがいるぞ。救助を！ というか助けて！

「……マイルズ君」

「……はい」

微妙な空気が流れます。

ズルズルズル。

何ですか？　なぜ引き寄せるのですか？　なぜですか？　目が怖いです。ポチ・タマ！　その慈愛の眼差しは何ですか⁉　結果「かわいいから、いいか」とウッサの膝の上にがっちりホールドされました。

まさに借りてきた猫状態！

ネコはタマなはずなのですがね。女性陣は皆さん元々お知り合いだったらしく、ミリ姉と会えなかった半年の間の話で盛り上がっております。とってもいづらいです。たまにウッサが撫でてくれますが、クッキーの支給はありません。

集団の中で孤独な戦いを繰り広げていると、偉い筋肉の人が笑顔で近づいてきます。護衛のお仕事はどうしたのでしょうか？

うっ、その手に持つのはまさか、シュークリーム！　貴方、何者ですか！

「お嬢様、坊主と少しよろしいでしょうか？」

「はい」

と言っても、ウッサは離してくれません。

ここで解放されて、私と偉い筋肉の人は、離れたところで、男だけのキャッキャウフフのお菓子パーティ！　という流れではないのでしょうか？

偉い筋肉の人が、シュークリームを入れたバスケットをお茶会のテーブルに置き、「お嬢様方、よろしければ」と言ってイケメンスマイルIN筋肉。

そして、シュークリームを1つつまんで私に差し出します。

「坊主、大変だったな（笑）。これは俺の故郷のお菓子だ。日本人に言わせるとシュークリームとか言ってやがったな。美味いぞ」

おお、偉い筋肉の人はお菓子作りの名人ですね。お菓子名がフランスっぽいですね。もしかして高名な菓子職人ですかね？　筋肉ですが。あ、美味しくいただきます。

……ん、もっと下げてくれないと受け取れませんよ？　お口に近いですよ？　まさかの【あーん】の体勢デスヨ？

女性陣が注目しています。いえ、私にもプライドがございます。手で受け取って食べます。

ええ、そんなに近づけないで。だっダメ、もう耐えられない。

「うまーーい♪」

「こらこら、ほっぺにクリームが付いてるぞ♪」

ええ、拭き取られても気にせず食べます。美味いです。これは何ということでしょうか。神獣の護衛やめて、うちで働きませんか!?

夢中で食べ続ける私。微笑ましい光景です。

40代前半のエリート会社員だったという【尊厳さん】が、寂しそうにこちらを見ていますが、美味いは正義なのでもう気にしません。
うん、美味しー！

6章　再会と別れ

マイルズ3歳です。故あって女装しております。

なお、そういう趣味の人ではありません。幼児に対する悪ふざけ、そう思ってください。

そう思っていただけないと泣きます。……あ、マカロンですか。ほむほむ、うまし！

「ははは、子供は欲望に正直なぐらいがかわいいもんだ」

この偉い筋肉の人、見た目に反して良い人のようですね……。

異世界人と聞いた時はビックリしましたが……って、待て待て待て。異世界人って、魔法力使えないんですよね？　どうやって護衛？　というか、魔法みたいなの使ってましたよね？

何だろう、この違和感。

「ん、坊主どうした？　俺の顔になんか付いてるか？」

「筋肉の人って、異世界人なのに、魔法使っていましたよね？」

筋肉の人呼ばわりで苦笑い。魔法の話で軽く驚かれました。

「マイルズ！」

おっと、ミリ姉から叱責。ギースさんだったか。失敗。

「はは、筋肉の人か。構わんよ。それと……魔法のことか。お前さん、本当に3歳か？」

偉い筋肉の人の目に警戒の色が走った。まぁ、そうなりますよね。

「ふふ、いいよ。教えてやろう。異世界人を魔法は使えない。それは確かだ。こちらの【魔法力を使った魔法】はな」

偉い筋肉の人は、いたずら小僧がいたずらを成功させたような顔をしています。

ええ。驚きました。口をポカーンと開けて。

理由は2つです。

まずは、日本で生きてきて【魔法】なんて聞いたことがありません。

次に、魔法力を使わない【魔法】。日常魔法道具を使っていれば、いやでも魔法力を感じます。【農業魔法】を翳《かざ》っているので分かります。彼の発言は、日本で言うところの「電源なしでパソコンを動かせる」と同義なのです。正直に言いましょう。胡散《うさん》臭いです。

「うさんくせーのはその通りだ。じゃ、やってみるぜ」

そう言うと、偉い筋肉の人は、ぼそぼそと小声で何か呟きました。最近、農業魔法の訓練で魔法力を感知できるようになったのですが、魔法力は働いていないようです。

「『水よ』」

何語なのでしょう。日本語や英語ではないことだけは確かです。その言葉が終わると同時に、偉い筋肉の人の目の前に水の玉が浮かびます。

その水の玉は数秒浮かんだあと、ポチャリと地面に落ちました。唖然です。

「これが魔法力を使わない魔法だ。あとな、こんな特技もあったりする」

偉い筋肉の人が、こぶし大の石を拾って軽く上に投げました。偉い筋肉の人の目線のところまで石が落ちてくると、右腕で一閃。石は、拳が当たると粉々に砕け飛びました。

ふぁ？

何だこれ？　ていうかこの人、何？

「どっちも魔法力を使わないが、魔法みたいなもんだ」

どうだ！　と言わんばかりの笑顔。

私は勘違いをしていたのでしょうか……。いつからこちらに来た異世界人が【一般人】と思い込んだのでしょうか……。考えてみれば、可能性としてはあったのです……。

この世界に来て、身近に魔法を感じていたのに考慮外でした。元の世界にも魔法がある可能性を。

異世界転移などする人間は、自ら望んで転移するのでしょうか？　できるでしょうか？

無理でしょう。

では何でしょうか？

可能性として考えられるのは【世界のバグ】。

不運な偶然なのでしょう……。だが偶然にも、条件によって発生確率の差があると考えられます。……そう、地球側で【異世界転移に近しい事象】の近くにいれば、偶然に巻き込まれる可能性も上がるのでしょう。……つまり、元の世界に、魔法やそれに類する奇跡の文化・技術があり、それに関わっていれば、異世界転移などということに不意に巻き込まれる可能性が高くなると考えられます。いわゆる環境要因というやつです。

「異世界人って、皆がそんなことできるの？」

情報を得るため、私は馬鹿になってみました。

「いや、一部だな。多くはない。もし、君らが異世界人と遭遇したら、魔法の可能性も注意してくれ。あと、魔法に関係なく、赤い光を背中から発する異世界人は」

そこで偉い筋肉の人は言葉を切って見回す。皆さんが真剣に聞いているのを確認したのだ。

「迷いなく、油断なく、間違いなく、即座に、殺せ」

私たちはいまだ、人を殺したことのない子供です。今まで両親・家族を通して倫理観を学んできています。迷いなく人など、殺せないです。

私たちの表情に思うところがあったのか、偉い筋肉の人は追加で説明してくれました。

「赤い光の異世界人っていうのはな、【元の世界で魔法を使えなかった一般人】だ。それがこちらの世界に来た影響で、【体と心が壊れてしまっている】──その証が背中の赤い光だ。やつらは平然と人を騙す。やつらは平然と人を殺す。やつらは平然と人を喰らう。気を付けるといい」

空気が沈みまくっています。偉い筋肉の人も、これはまずいと思って苦笑いをしながら、頬をかいています。

しょうがない、助け舟を出しますか。

「筋肉の人！　さっき石をバーンってやったやつ、かっこよかった！　あれどうやるの？」

「おう、興味を持ったか。……呼び方、筋肉の人で確定なのな……。まぁいいだろう！」

ポージングである。

「……おうちかえる」

「すまん‼　坊主！」

そのあと、【気】についての基本を教えてもらいました。

ついでにポチ・タマとミリ姉も学んでいました。

この3人に学ばせるのはなぜだかまずい……ような気がしつつも、本日のお茶会は終了しました。

◆◇◆◇◆

僕はノア・ルルジス。11歳です。

来年、幼年学校を卒業し、農業学校へ進学予定です。

いつかは研究所で、皆がお腹いっぱい食べられる国を維持するために、その助けになる研究を成し遂げたいんだ。

そんな学校を作ったルカス様は本当にすごい。

この農業都市ですら【30年前までは食べるのに困っていた】らしいのに、今では食べ物が豊富にあります。おじいちゃんやお父さんにとっては【神様みたいな人】なんだって。

僕が「どうやったの？」って聞くと、おじいちゃんとお父さんは「ルカス様の必殺農業魔法で【どーん】ってやったんだ」って答えるのさ。【どーん】って何？　って聞いたら「【どーん】は【どーん】だよ。我々には理解できないぐらい、すごかったってことだよ」って言ってた。

……もう、農業の神様でいいんじゃないかな。ルカス様。

でもルカス様がすごいのは魔法だけじゃないんだ。才能のない僕たちでも貢献できるよう、長い時間をかけ、誰でも農業ができるようにする方法を確立する【研究】を推奨しているんだ。

美味しいものをより美味しくする改良とか、植物が病気に強くなるようにとか、これまで捨てていたものを再利用するとか、当たり前になってしまえば普通だけど、すごいものばかりだ。

だから、ルカス様の農場で働いているお父さんもすごいんだよ。僕も将来、ルカス様のお手伝いがしたい。皆が笑顔になるものを作りたい。そう思っている。

今日は学校が休みなので、お弁当を忘れたお父さんに、職場まで届けに行きます。

普段はルカス様がお昼ご飯を振舞ってくれるそうなんだけど、本日はルカス様がいらっしゃらないので、お弁当が必要なのだそうです。そして能天気なお父さんは、そのお弁当をまんまと忘れてしまったんだ。それで、僕と妹が届けることになりました。

そういえば3日前、北の森の魔王領の方から、危険生物が流れてきたと張り紙があったんだ。ルカス様は魔物討伐に向かわれたのかもしれない。

「おにぃ！　お父さんの職場だよ！」

4つ下の妹ルルカがはしゃいでいる。街を出るのも初めてだから当然か……。かわいらしい。

お父さんにお弁当を届けました。

周りの人が「これ食ってけ」と野菜をくれました。さすがルカス様の農園採れたて、とても美味しかった。お父さん、いつもこれを賄いで食べてるの？　ずるくない？　お土産として家に持って帰るべきだと思う。

お弁当を届け、お父さんのところで野菜を食べた帰り道のこと。

「おにぃ！　西の森ちょっと入ってみたい！」

妹がわがままを言います。

「ダメだよ、森は危ないよ。怖いモンスターに食べられちゃうよ～」

「ぶー、森入ったらすぐ出るもん。危なくないもん」

僕はここで間違った選択をしてしまった。妹のわがままがかわいくて、一度お父さんの職場に戻り、何かあった時のための【緊急用案山子連絡用魔石】を借りてきたんだ。これで森に行っても問題ないと思ってしまったんだ。

夏よりも高い青空の下、僕は妹と森に向かって歩きます。

妹の初々《ういうい》しい反応が楽しかったです。

途中、灰色の肌をした、お父さんらしい人と一緒に、僕たちより小さな子供がいました。挨拶をすると、挨拶を返してくれました。小さいのにしっかりした子だな……。妹も、もう少ししっかりしてくれればいいな。そう思う半面、もうしばらく、僕が勉強で忙しくなるまでは、僕に甘えてほしい……そう思います。しっかりするのはそのあとでいいかな。

そう考えながら、つい不用意に、森に足を踏み入れてしまいました。

森に入るとすぐに【パン】という乾いた音と一緒に、僕の右足が熱くなりました。

僕は魔石を使うのを忘れたのです。恐怖に足をすくませる妹に向かって、僕は叫びました。

「逃げろ!!　頼む、逃げてくれ！！！」

◆◇◆◇◆

俺の名前は前田勇也《まえだゆうや》。海外生活が長かったこともあり、ユウと呼ばれている。

なぜ俺がこうなったのか考えたことがある。だが、何度考えても状況は好転しない。もうこうなるしかなかった……としか言えない。

小さい頃からたくさんの勉強をした。そうすると父と母が褒めてくれたからだ。

だが中学に入った頃、母が亡くなった。父は何かを忘れるかのように仕事に没頭していた。

その様子から、当時の俺は、父と母を同時に失ったような勘違いに囚《とら》われ、あっさりとグレた。

半年、優等生が底へ落ちていくには十分な時間だった。

そんな俺を救ってくれたのは幼馴染《おさななじみ》だった。

幼馴染は、俺も参加していた不良グループの集会に乗り込み、全員を殴《なぐ》るだけ殴り倒して「まじめちゃんが悪ぶって、中途半端きめてやがるのが一番みっともねぇ」と吐き捨て、去っていった。

残されたのは俺1人。顔は腫れ上がり、体中が痛い。だが、どこかすっきりした気分だった。

変なプライドも、親父への蟠《わだかま》りも、全部殴り飛ばされてしまった。家に帰ると、親父がいた。

殴られ、抱きしめられた。そして謝られた。泣いた。逆ギレして訳の分からないことを叫び続けた。そして、翌日から学校をサボるのをやめた。

そのあと、俺は高校は進学校へ、大学は地元の国立大学へ進んだ。

就職活動の時期となった。超氷河期と呼ばれた時代。地元の企業はほぼ募集しておらず、なんとなく面白そう、と思った東京の会社に就職した。なぜか就職先は、世界に冠たる大企業だった。

就職先を親父に報告すると、初めて酒に誘ってくれた。

そして母が死んでから、どう接してよいのか（それまでは母と父で厳しくする担当とフォローする担当として、常にバランスをとっていたようだ）分からなくなっていたこと、不器用だがずっと俺と向き合おうとしてくれていたこと、東京に行ってしまうのは寂しいが、立派に巣立っていくようで嬉しいこと、母親の命日には必ず帰って来てほしいことなど、閉店間際まで話してくれた。

親父は、嬉しそうな表情のまま寝てしまった。親父を背負うと軽く感じた。初めて親父と正面から向き合えた嬉しさを感じたのと「両親に恥じない自分でありたい」と決意した夜だった。

就職した企業、部署は厳しいところだった。

１００人以上の同期とは、同盟を組んだ仲間のようだった。苦しい新人時代を生き抜くため、配属部署での苦境を語り合い、できるところは協力し合った。

そんな中で、俺は親友を見つけた。勝というやつだ。

初対面の印象は「なよなよ」したやつ。人当たりが良く、八方美人。だが仕事に向かう態度は、こちらが冷や汗をかく程に冷静で冷酷。論理がおかしいやつは上司でも戦う。それは「全員で成功を収めよう」とする強い意志からだ。その姿勢は、対立していた相手をも、成果という利益を持って、やがて味方に引き入れてしまう。

そんな勝とはチームが近いこともあって、愚痴を言い合う仲で、よく飲みに行った。

酒を飲むと、互いの理想を語り合った。「歳を取った時、どんなおっさんでありたいか」とか、「今の会社の方針について」とか、とりとめのない話ばかりした。だが、お互い高め合っている感覚が楽しかった。

正直、東京に来て勝と出会うまで、そんな考えはなかった。

俺はどこか斜に構えて現実を見ていた。

だから勝のように、まっすぐで、馬鹿正直で、それでいて決して一人で突っ走らない。そんな強《したた》かなやつと出会えて、俺は俺の中で価値観が変わっていくのに気付いた。

さらに数年が経った。お互いにやりたいこと、進みたい道が見つかっていた。俺は「外向きの仕事で出世するぜ」と目指す先を語る。勝は「俺は王道を行く」と言って、社内で熾烈な争いの中を進む決意を固めていた。俺たちは相も変わらず終電近くに飲み始め、目指す先を語り合い、始発に乗る頃に「偉くなったら高級店驕《おご》れよ」と言い合って、拳を合わせて別れるのが恒例行事となっていた。

しかし30歳を越えた頃、俺に故郷から凶報が届く。

親父が事故にあって、意識不明だという。地元に帰る以外の選択肢はなかった。異動希望も仕事も、全てが吹っ飛んだ。

上司には渋られたが、最短で辞めることができた。溜まっていた有給を消化して、色々な手続きを進め、仕事の引き継ぎも最低限の期間で済ませた。

最後の飲み会で、勝には「その道しかないのか」と言われた。言いづらいことだと俺でも分かる。言ってくれたのは、これまでの関係性があったからだろう。

冷静に考えれば、もっと見極めて、移住する準備をしてから行くべきだ。そうだな。

地元のグループ会社に席を作ってもらうように動くべきだ。そうだな。

でもそれらは時間がかかる。もし今、親父の容態が急変したら？　飛行機で移動のあとに電車とバスで数時間の距離。東京は遠すぎる。頭は冷静だが、心は焦っていた。今、俺の心はバラバラに砕ける寸前だ。

そう勝に語ったのは、深夜3時のいつもの安居酒屋チェーン店。客は、もう俺と勝しかいない、そんな時だった。数秒の沈黙。困り顔から感情を飲み込んだ勝。次には笑顔になり、俺の地元での展望について聞いてくる。またいつものように、未来の話を馬鹿みたいに語り合った。

そして、いつものように「偉くなったら高級店驕れよ」と言ったあと、勝は「いつか一緒に商売しようぜ」と付け足して、拳を合わせた。本当に俺はいい友人に恵まれた……。

そして、俺は故郷に戻った。

目を覚まさない親父が入院している病院の近場で仕事をする。当初は「前田さんのキャリアが高すぎて、こっちじゃ雇える企業はないですよ……」と、地元企業の社長に言われることもあった。

貯めるだけで使い道のなかった貯金を無為に使い潰していく毎日だった。

「だったら……」と思った。

『コネは有効に使うべきだ』と、前職のコネを使い、基盤のしっかりした地元企業に自分をねじ込んだ。そりゃ30代半ば、東京でやってただけで、こっちでの実績はない。しかも親の介護があり、時間に制限があるやつ。初めは色眼鏡で見られた。当然だ。

地元なのに完全アウェーだった。だが、これくらいの逆境、いくつも体験してきた。もっとギリギリでプレッシャーに押し潰されそうな経験も山ほどしてきた。だから大丈夫。

そして俺は、四苦八苦しながらも結果を出した。

半年が過ぎた。入社時にひと悶着あり、問題だらけの部署を押し付けてきた社長からも、しぶしぶだがお褒めの言葉をいただいた。親会社との関係上、評価しないわけにはいかなかったのだろうが、とても不満気だったのが印象的だった。

部下たちは俺のことを「成長させてくれる上司」と認識したようで、期待の目を向けてくれる。これで親父が目を覚ましてくれれば、物事は全ていい方向に向かう、そう思っていた。

「前田さん、お父様が行方不明です‼」

目を覚ました親父は病院を抜け出していた。なぜだ？　わけが分からなかった。半年も寝たきりで、筋力なんかなくて、自分がいる場所も分からないはず。

それなのに、なんで抜け出せるんだ？　急いで病院に向かい、警察や地元の人と捜索にあたった。

半日後、親父は見つかった。親父は、母の眠る墓地に向かう途中で、轢《ひ》き逃げにあっていた。

俺が見た時は、既に冷たくなっていた。

翌日、犯人は捕まった。轢き逃げ犯は会社の同僚で、元の部長だった。たまに昼間にいなくなる人だったが、今回は昼から酒を飲んでいたらしい。自分が仕事を投げ出し、俺に押し付けた部署を、俺が立て直し、そのうえ親会社関連で大手柄まで立てた、その俺への悔しさを紛らわすために酒を飲んで、その挙句《あげく》の暴走だったらしい。

受け止めきれない事実が俺を襲うなか、親父は荼毘《だび》に付《ふ》された。そうして、もやもやした気持ちのまま、葬儀に関する一連の作業が終わった。その夜、一人になって考えた。

親父が抜け出したのは母の命日。毎年、俺と墓参りに行く日。亡くなった場所は墓地の近く……。現実を受け止めると涙が止まらない。

携帯を見る。何もなくなった?

違う。グレた時の俺とは違う。俺にはこれまで積み上げてきた人生がある。

……あいつに、電話してみよう。

キンコーン。

勝に電話しようと思い、携帯を手に取ったその時、玄関のチャイムが鳴る。カメラに映ったのは、社長と、その息子である【轢き逃げ犯】の元部長だった。

その時、俺は迂闊だった。なぜ捕まったはずの元部長がそこにいるかなど、考えもしなかった。社長は地元有力者の一族で、後ろ暗い組織とのつながりがある、という情報を、入社前に得ていたのを考慮していなかった。「早くあいつと話がしたい」、その思いが強く、面倒ごとは早く片づけてしまおうと考えてしまった。俺が迂闊にも、扉を開けてしまったのは、社長の「直接謝りたい」という言葉を信じてしまったからだ。その言葉で心が動いてしまった……。

「すまなかった」

社長と元部長が頭を下げる。

……お前があの時、救急車を呼んでくれれば！　逃げなければ！　殴りかかりそうな衝動に駆られる自分をぐっと抑える。そして、上っ面《つら》だけの反省の言葉を聞く。薄っぺらい。いい年の大人が半笑いで謝罪するな！　無駄な時間だった。

「お帰りください。全ては弁護士経由でお話ししましょう」そう言ってドアを閉めようとした。すかさずドアの間に足を入れられる。驚く俺に、ドアの隙間から手が伸びてきて、布を口に押し込まれる。驚愕で体が固まるうちに、意識が遠のいていく。

「黙って示談に応じていれば、こんなことしなくて済んだのに……。こいつのせいで……」

……どこまで独善的なんだよ、お前ら……。

気が付いた時には、外国の軍に所属させられていた。

所属していたのは、王国軍のキャンプ。拙《つたな》い英語で状況を確認すると、どうやら契約でここにいるようだ。騙されて連れてこられる人間は多く、「同情はするが加減はしない」と教官に思いきりしごかれた。

解放されるためには、契約解除金を稼がねばならない。ここでは王族の趣味らしく、【テレビゲーム】のように、危険度に合わせた手当、活躍に応じたボーナスが支給される。そこから自分で必要物資の購入等を行い、金を稼ぐ。要するに、王族たちにとっては、反乱軍と必死に戦う人間を観察するエンタメ要素でもあるようだ。

それでも生き残らなければならない。支給される最低限の装備では、すぐに死ぬ。実際に何人もそんな人間を見てきた。自分に投資できないやつは死ぬか、戦えない怪我《けが》を負い、自分を解放する金を稼ぐことのできない裏方に回るか、どちらか、だった。

だから俺は、ここで地道に進むことを決めた。辛いことがあっても「日本に戻ってあの親子に復讐する」と考えて、一歩一歩進めた。

まずは信頼できるチームを作った。貸しと借りを駆使し、部隊間のつながりを作った。

それでも人は死に、トラブルは組織を壊しかける。

必死に戦った数年。もはや一般人には戻れないと自覚し始めた。日本には両親の墓参りに帰れればいいか……などと考え始めた頃だった。

俺は部下3名と地方拠点に呼び出され、車両で移動していた。

その道中。何もないはずの道中。日陰になるものもないなかで、急に暗くなった。

そして気付くと、見知らぬ森の中にいた。生えている植物は見たこともないものばかりだ。とんでもない田舎なのだろうか、道は全く整備されていない。

何もない場所に留まり続けるのは、物資の不安もあるため、取りあえず俺たちは当初の予定と同じく、北に向かうことにした。

周りを警戒しながらしばらく進む。半日も経たないところで、見たことのない生物に引かれた馬車を発見した。友好的か判断のつかない未確認勢力。情報もなく、接触するのはまずい。俺は瞬時にそう判断し、早急に近くの森へ車両を寄せ、草むらに車両と身を隠した。

何も気付かずに通りすぎる馬車を見て、再度驚いた。

御者が人間ではなかった。二足歩行のトカゲだった。

ここで俺は確信に至った。これは夢でなければ、【異世界トリップ】だ。

その日は車両を隠し、周囲の警戒と飲み水の確保を行い、夜を迎えた。水、食料、周辺の危険動物の遭遇情報などをまとめ、隊員たちと今後の指針を話し合った。

初めに、全員の背中から出ている謎の光について、互いに教え合った。俺以外は赤だった。俺は青だ。

色について何なのか分からないが、すれ違ったトカゲ人の背は光っていなかった。

俺はこの光は、自分たちを悪目立ちさせる存在なのではないか、トラブルの原因になるのではないか、と考えた。

……その時、隊員たちの反応がわずかにおかしかった。その時、そのことをもっと気にすべきだった。

……いや、無理だ。思い起こしてみても、この時から隊員たちの瞳は、明確に狂っていた。

普段から、気性の荒いやつらだとは思っていた。だが一線は守っていた。しかし今は、快楽殺人者のような雰囲気を感じる。「肉を食べたい」と言った3人の目に、根源的な恐怖を覚えた。だから、気付かない……ふりをした。

翌日から目立たぬように徒歩で北へ進む。1日ほど進むと、小さな街があった。

そこで意見が分かれた。

俺は、どんな危険があるか分からないから【一旦車両に戻るチーム】と【ここで街を観察するチーム】に分けることを主張した。「情報が少なすぎるので今は潜伏すべきだ」と。

残念ながら他の3名は接触を希望していた。彼らの獲物を見るような視線に、俺は激しく嫌な予感がしたので、【一旦車両に戻るチーム】を自分だけにした。そして逃げるように車両へ戻った。3名には、無理な接触は禁止と厳命しつつ……。階級が通用しない世界で、彼らが俺の命令を守るとは思わなかった……。しかし、彼らと対立し、3対1で勝てる自信もなかった。

狂鬼の3名との対立を恐れ、口頭の注意に逃げたと言われても仕方がない。

この時、俺も同行し、可能な限り止めるべきだったのかもしれない……。

俺は車両まで帰り着き、食料の残りが心許《こころもと》ないこともあり、森で狩りを行った。イノシシに似た動物を確保し、聞きかじった解体技術で何とか捌く。毒に気を付けながら少ない調味料、塩だけで調理する。薄味だが腹が膨れた。……正直まずかった。しかし自分自身を実験体として、可食可能な動物を発見できたことは大きい。あとは調味料。……やはり友好的に接触するしかないか。岩塩でも見つけられればいいが、俺にそのような知識はない。

腹が膨れると、これからどうしようかと考えた。3名と一緒に行動するのは危ないと思った。このまま単独で南に向かった方がいいのは明確だ。

だが、やつらは俺の部下だ。友人ではない。生き残るために手を組んだ間柄だ。だが、笑顔が、やつらが語った夢が、俺の体を縛る。

「1日だけ待とう」そう決めた。

背中を伝う嫌な予感を、彼らとのいい思い出で無理矢理ねじ伏せた。

1日待った。そして夜になり、戻ってこないことを確認すると、車両をUターンさせる。

後ろ髪を引かれる気持ちを振り切って、発車しようとした。そこで【バン!】と車両のドアを叩かれた。ゾンビ映画並みの恐怖だ。ドアガラスに赤い手形が付く……。

「隊長、置いていくなんて酷いじゃないですか〜」

スキンヘッドが特徴の隊員が、興奮気味に言う。

「久しぶりの女、楽しかったな」

長髪の、隊で一番若手の隊員も同じような様子だ。

「喰う体だって言ってるのに汚しやがって……」

普段は寡黙《かもく》な隊員がニヤニヤしながら言う。

……聞きたくなかった。彼らの軍服が赤黒く汚れていたことで事態は察していた。

「でも抱きたくね？　エルフだぜ。胸ちっさかったけど気持ちよかったぜ」

「小さいが喰い応えあったな」

口々に狂った発言をする部下たちは、パーティ帰りのような気さくさで車両に乗り込んでくる。

「隊長、北は友好的ではなかったので、南に行きましょう！」

ああ、ああ、ああ。嫌な予感が当たってしまった。

俺が臆病風に吹かれたせいで、見知らぬエルフの女性が喰われてしまった……。

女性を喰ったやつらが後部座席で猥談《わいだん》をしている。……なぜこうなった。取り返しのつかない状態になっていることを認識しながら、俺は全身の血の気が引いていくのを感じていた。

「早く出発していればよかった」

「早く友好的に接触していればよかった」

もはや現地の人間にしてみれば俺も同罪だ……。

敵対以外の道が見えない。敵対すれば必ず我々が負ける。物資の問題だ……。

俺は部下たちに怯えながら、車両を南へ走らせる。

次、俺が喰われないように。

これ以上、異世界の見ず知らずの人間が喰われないように。

頭にはそのことしかなかった。「何ができるだろうか」と必死に考えながら、車両を走らせる。

4日後、俺たちは、北の村落とは比べものにならないほどの大きな都市を発見した。そして近くの森に潜伏していた。部下たちはまた挨拶に行こう、とはしゃいでいた。

だが「何かあった際に逃げ道がなくなるから、今は様子を見よう」と何とか説得した。

しかし、部下たちからは「代わりに、森に入った現地人を確保する」と一方的に宣言された。

俺にできることはここまでだ。異世界人よ、頼むからこの森に近づかないようにしてくれ。

「また、イノシシもどきですか？」

隊員は口々に不満を漏らす。俺だって、原始的な塩だけの肉は食べ飽きている。

眼下に広がる農園が見える。そろそろ動物の肉や皮を持って接触してもいいのかもしれない。

……そう考えていた矢先だ。……発砲音が森に響き渡った。

なんでいつも！　と喚《わめ》きたくなった。

隊員たちは我先にと、発砲音がした場所へ駆けてゆく。俺もそれに続く。

待っていたのは、普段は寡黙な男。骨と皮だけのイメージの顔が不気味な笑みを浮かべている。

「やったぜ。肉の柔らかそうなガキだぜ」

視線の先には何かを叫んでいる男の子と、突然の恐怖に立ちすくむ女の子がいた。

……俺の中で何かが弾けた。今さらだが、行動を起こそうと思った。

前は見捨てたのに今は動くのか、と自分で自分を責めているような気がした。

だが、脳内の批判家を無視して、体は勝手に行動を起こした。

……ふっと、社会人を始めた頃の俺が、自分でも輝いていたと思う時代に話し合った、【歳をとった時の自分】について思い出してしまった。

今走り出さなければ、あの頃の自分に、親友に顔向けできるだろうか……。

そう思うと、足は自然に前に向かっていた。

最後尾にいた俺は、部下たちと距離をとり、彼らに向かってハンドグレネードを投げ込む。

しかし投げ込む瞬間、脳裏に、厳しい環境でも笑い合った部下たちの顔がよぎり、投げる手がぶれた。

驚く隊員たち。少なくとも1人は行動不能にできると思っていたハンドグレネードは、目標から大きく外れる。

それでも、突然の爆音と爆風に慌てる部下たち。俺はその脇を大回りで駆け抜けながら、自動小銃で弾丸をばら撒く。……知らず知らずのうちに、隊員たちに当たらないよう、配慮してしまった自分がいた。辛い時を共に長く過ごしすぎたのだ。俺にこいつらは殺せない……。しかし、この行動で部下たちは屈《かが》み、そして子供たちから目が離れる。

予期せぬ攻撃に、部下たちは怯えて遮蔽物に隠れる。

……よし、これで子供たちを一時的に見失った。

私は子供たちに向かって全力で走った。

途中、最後の1つのハンドグレネードを投げ込むと、子供たちに近寄り、確保する。

3人からの苦し紛れの発砲音がぽつりぽつりと聞こえてくる。……もう銃を撃つことを思い出したか……。冷静になられる前に逃げなければ……。

俺は自動小銃を背に担ぐと、素早く男の子を抱えた。固まっている女の子も抵抗なく抱える。

そして一息、大きく息を吸い込むと、森を抜けるために走りだした。

この状況で、どこにそんな力が残っていたのか分からなかった。火事場のクソ力だ。

途中で、「まるでアメリカの映画みたいだな」と自嘲《じちょう》しながら走る。

腕がしびれる。だが、ここで子供たちを取り落とすなら、助けた意味がない。

肺が潰れそうなほど痛い。だが、心は軽かった。

苦しくとも、高揚した俺の視界に、森の切れ目が映り込んできた。

弾丸の音が俺を急き立てる。目に映る森の切れ目が、近くて遠い。

負けるか‼　こんちくしょう！

こんな気持ちになったのは、いつぶりだろうか。

こんなに心が晴れやかになったのは、いつぶりだろうか。

お父さん。お母さん。俺は今、貴方が誇れる男になっているでしょうか……。

体は辛いが、心は軽い。とにかく俺は走った。

走り切った先、少し行ったところで、俺は灰色の肌をした男が、こちらをうかがっているのを見つけた。一緒にいた小さな子供と何か話し合い、こちらに向かってこようとしている。

希望の光だ。しかし武器は西洋剣。自動小銃相手では分が悪い、いや相手にならないはずなのだが……なぜか大丈夫な気がした。俺もだいぶやられているらしい……。

子供たちには通じないと思うが、あの男のところに行くように叫ぶ。

男の子が女の子の肩を借りてゆっくり進み始めたのを確認して、私は振り返る。

……決着をつけよう。せめて、彼らが逃げる時間を稼ごう。

……そうしたら、俺は【あいつ】に胸が張れると信じて。

久しぶりに思い出した【あいつ】は、俺に何かを思い出させてくれた。

「ユウ！　逃げろ！」

その時、この世界で聞こえるはずのない日本語が聞こえる。

聞こえるはずのない声だ。

「馬鹿野郎！　異世界で死ぬのがお前の夢か！」

拙い英語だ。日本語訛《なま》りが懐かしい……。嬉しいじゃねーかよ、親友。

俺は正しく生きたのだろう。神様ってやつはいいやつだったんだな。

自然と笑みが浮かぶ。さっきまでの恐怖、迷いはどこかに行ってしまった。

ああ、俺は、あの時代に心が戻れたのかもしれない。

感謝を胸に、俺は部下たちと向かい合う。今さらながら、守るために【殺す】とようやく割り切った。

◆◇◆◇◆

家にいたくなかった……。

こんにちは、女児ではありません、男児です。マイルズ3歳です。

お茶会の翌日「マーちゃんかわいかった」とか「また見たいわね（チラチラ）」とか煩《わずら》わしいこと。……ん？　前者の「かった」と過去形でおっしゃった方。マイルズは現役でかわいいですよ？　そのお目目は節穴なのでしょうか？

とにかく、このままでは再度女装、……いや仮装させられかねません。

それは逃げの言葉でした。

ふいに異世界知識を利用して逃げようと思い、放った言葉でした。一般論として、墓穴《ぼけつ》を掘った、ということになります。

「案山子ネットワークで映像と音声を記録できてるなら、再生もできるでしょ？」

肩を掴む祖母の顔が怖かったです。

そういえば祖母は、魔法道具の専門家でした。

カメラとマイクの入力装置の原理と、モニターとスピーカーの原理を喋らされたうえで、それらを実装されている権三郎を持っていかれました。

ドナドナされてゆく権三郎に少し同情です。……あなたのご主人様の平穏のためです、頑張っていただきたい。……ん？　権三郎、なぜか積極的に見えますよ？　え？　「マスターのかわいらしさを全世界に伝えたい」と？

貴方もですか……、祖父の病気は伝染するようですね……。

一日経っても権三郎は戻ってこなかったです。自動的に、私も外に出られませんでした。

せっかく人権さんがお戻りになられたのに、なんともったいないのでしょう。

翌日、いい顔の祖父と祖母と共に、権三郎が帰ってきました。

大荷物でした。

「プロトタイプじゃからな！」とやり切った笑顔です。

早い、早いです。もう少し私に現実逃避の時間をください。

大荷物を持って、祖父と祖母はまた出かけるようです。

転送部屋を使うと言っていたので、王都でしょうか？　嫌な予感がより強くなってきました。

「他人にご迷惑になることは……」と言うと、祖母が満面の笑みで「国王っていう名前の生意気な坊やに見せ付けてくるだけだから、安心してね」と言います。

貴方の孫は、今、不安でいっぱいです。

……国王、って言いました？　……生意気な坊や、って言いました？

国王様、ごめんなさい。マイルズに罪はありません。映像に映るマイルズは、冤罪で構成されているものです。どうかご容赦ください。

……さて、午前中は気分転換に、庭で【気】の練習をしてみました。

全くうまくいきません。難しいです。

偉い筋肉の人も「継続は力だ。がははは」と言っていました。

あの、軍用アンドロイドのような筋肉の人がそう言うのであれば、そうなのでしょう。

お昼は、帰ってきた権三郎に乗って、母の研究室へ配達です。パンに挟む用のケチャ肉料理とサラダを持っていくと、歓迎されました。……満足です。

満足し……ハタと気付きました。

祖父と祖母が帰宅したら【メンドウ】なことになりはしないか、と。

……午後から私はお出かけします。

街の郊外になりますが、あの石門のある「アイノルズ公園」に行きましょう。

そして、あの綺麗な芝生に癒されましょう。今の私には癒しが必要です……。

ということで、権三郎に乗せてもらって公園に来ました。そして青空を見上げながら、綺麗な芝生でゴロゴロな現状です。まさに、癒しです。

癒されながらも【気】について考えます。

気とは、魔法力を使う際に感じる【力の発生器官】と【力の流れ】と思っていましたが、魔法力と気とは、性質が全く違いました。一言でいえば、魔法力は【特殊】、気は【通常】、といった具合でしょうか。

【特殊】なものはその【特殊性】から、相性さえ良ければきっかけを掴みやすいのです。ですが【通常】は難しいです。曰く「誰もが生活の中で使っている」らしく、掴みどころがありません。

ちなみに、異世界人専用の技術なのか？　と気になったので聞いてみたら「この世界の人間から教えてもらった技術だ」と答えてくれました。なお、200年前に教えてくれたこの世界の人間は、100年以上生きていたらしいです。

……偉い筋肉の人。あなた、おいくつなのですか？

……芝生でゴロゴロにも飽きたので、第2の定位置、公園の入り口の大岩へ向かいます。大岩の上に大の字で寝そべり、太陽を体に感じます。

お昼すぎ。

雲一つない、晴れやかな空。

外気温は冬の到来を感じさせる肌寒さ。ほんのり温かい太陽光。

うとうとと意識が遠のきかけると「風邪をひきます」と権三郎に現実に戻されます。

上半身だけ起き上がると、中学生になるかならないかぐらいの男の子と、その妹であろう小さな女の子が歩いてきました。

「こんにちは、いい天気ですね」

ありきたりな挨拶を交わします。彼らはここから視認できる森、通称・西の森に木の実を取りに行くらしいです。森は危険だから、深入りは避けてほしいなぁと思いました。

兄妹と別れ、ゴロゴロするのにも飽きました。

そして、立ち上がり帰ろうとした時、映画などで聞き慣れた、乾いた破裂音がしました……。

【パン】

脳内がフリーズしました。

が、すぐ復旧して、初めに浮かんだ言葉は【異世界人】。

とっさに権三郎を見ます。

権三郎は西の森を見ています。発生源はあそこです。先ほど兄妹が入っていった、あの【西の森】です。

思い浮かんだ可能性に、眉をひそめます。

私は平和な日本の会社員。

私は過保護に守られている幼児。

再び権三郎を見ます。

状況を把握しかねているようです。

私の知識から、権三郎に、取りあえずの危険を伝えます。ハンドガンとライフルが使用されている可能性を考慮して、説明をします。権三郎は「はがねの石つぶてですか。人間には脅威でしょうが、私は大丈夫です。ご安心を」と言いました。私を安心させてくれようとしているらしいです。

兄妹には申し訳ないですが、私がいる限り、権三郎は森には入れません。

このまま、権三郎はお荷物の私と逃げ、街の衛兵を呼んでくるべき……。この場から逃げるのが最善なのでしょう。私は3歳なのです。強い護衛がいるとはいえ、そんなお荷物を連れて、あの兄妹たちのところに行けば、逆に余計な危険を背負う可能性が高いと思われます。

……だけど、行けば2人を助けられる可能性もあります。

「駆け付けるべきだ」と私の中の【正義感】が言います。

「助けを呼ぶべきだ」と私の中の【正論】が言います。

私の足は鉛のように重く、前にも後ろにも動かせないでいました。

【ドン】【ドン】

森で2回の爆発音。ああ、これは軍隊です。この異世界人は軍隊でしょう。

やばいやばいやばいやばい。

そのまま固まっていると、森から軍服の男が、兄妹を抱えて飛び出してきました。

その男は息も絶え絶えで、倒れるようになりながら、兄妹を森の外へ逃がします。

そしてこちらを見ると、懐かしい声と懐かしい言葉で叫びました。

「行け！」

懐かしい声の男は、私たちを指差しました。

すぐさま私も、権三郎にお願いして、そちらへ向かってもらいます。

3歩ほど歩いたところで、懐かしい声の男は、再び森を見ていました。

ああ、ダメだ。それはダメだ。友よ。

ああ、やめてくれ。その懐かしい自信家然とした笑顔で、まっすぐ【死】を見ないでくれ。

ここは異世界だ。

あいつとは、娘が生まれてからだから、7年会っていない。

いつの頃からか、メールが返ってこなくなった。お互い忙しくなったのだろうと納得していた。

軍服を着ているが。

無精ひげを生やしているが。

太っていたのに痩せこけているが。

歳を取っているが。

俺には、すぐにあいつだと分かった。

向けた背中が語っている。「時間を稼ぐ」と。

違う。私たちが語り合ったお前の【理想のおっさん】は、それじゃない。

違う。死ぬために行かないでくれ。

違う。困難はチームで乗り切るべきだ。私とお前はチームのはずだ！　一人で行くな！

だから思わず叫んでしまった。

『ユウ！　逃げろ』

日本語で。

聞こえていないのか、くっそ！　次は酒を飲んだ際に付き合わされていた【英語】で叫ぶ。

「馬鹿野郎！　異世界で死ぬのがお前の夢か！」

権三郎と、権三郎に抱えられてこちらに向かってきている兄妹が驚いているが、それどころではない。……あの馬鹿野郎を、助けなければ！

あいつはチラリとこちらを見た。

兄妹たちが保護されたのに安心したのか。私の言葉に気付いたのか……。あいつの口元が緩んだのが見えた。そうだ、お前もけん制射撃しながらこっちに来い！

だが、あいつは来なかった……。

私の周りに、10体ほどの案山子が駆けつけてきて、私と森の間に案山子の壁を構築しているのが見える。その中に、西門の門番で見かけた兵士がいた。

最初に到着した兵士のお兄さんは、私の頭に手を置いてこう言った。

「もう大丈夫だ」

その言葉と同時に私の視界の中で、友が倒れる。

体から、大量の【赤い物質】をまき散らして、あいつは倒れる。

ソシテ動カナクナッタ……。

◆◇◆◇◆

俺の名前はグルンバルド。今年で20歳。この領都グルンド西門の門番を務めて5年目だ。まだまだ未熟者だが、この都市を守る盾……の一員だ。ちなみに名前は、父が領主様の許可を得て、都市の名前にちなんだ名をいただいている。とても誇らしい名前だ。

今は平穏そのものであるこの都市だが、長年、とある脅威に苛まれ続けた過去がある。そのため、この街に住まうものは理解している。この街の兵士の役割を、それに伴う名誉と強さを。

といっても、通常時は犯罪がとても少ない。検問作業も、街へ来る商人は主に北と東からだし、重要人物が来るのは南門。俺がいる西門は、はっきり言って業務が少ない。たまに手伝いに他の門へ派遣されたりするくらいだ。西門にいる通常時は暇だ。ただし、通常時は。

現在、俺は槍を片手に、街の中と外との狭間に立っている。

平穏そのものである。

しかし今日は珍しく、立て続けに事件があった。

詰め所に待機していた同僚数人が現場に急行しており、残っているのは俺と後輩の2名。何か事件が発生した場合は大問題になってしまうため、少し警戒レベルを上げている。

何もなく過ぎてゆく時間。現場に向かった同僚たちも、警邏《けいら》の騎士にあとは引き渡して、そろそろ戻ってくるだろう、そう考えていた時のことだった。

目の前を、普段は鈍重な歩みの案山子が【走って】いる。それも複数体。

……事件の香りを感じた。

俺は詰め所に駆け戻り、戻ってきた同僚たちに状況を説明し、返す刀で案山子たちを追った。

すぐ応援部隊を送るから無理はするな、と言われた。

仲間たちも、案山子の異常な反応にスイッチが切り替わった様子だ。

俺は先行して案山子の部隊を追い、西の森へ向かう。

そう言えば、先日【異世界人警報】があった。

現在、ルカス様が北の森を捜索していると。俺の頭の中の情報がつなぎ合わされていく。

異世界人。それも新種。

俺は使い慣れた槍をあらためて握り直し、歩を早める。

案山子にはすぐに追い付いた。

そこには、西の森と公園の間で子供3人を保護している権三郎殿がいた。

どうやら案山子を出動させたのは、かの御仁らしい……。

大きな男の子が足に深刻な怪我をしていたが、既に権三郎殿による処置がなされていた。医師に任せれば後遺症の心配もなさそうだ。

「もう大丈夫だ」

ルカス様のお孫さん、奇天烈《きてれつ》幼児のマイルズ君がいたので、安心させようと頭を撫でた。

森を見ると、日焼けをした男が、魔法の杖を森に向けて破裂音を発生させていた。

その背中からは【青い光】が立ち上っている。

ああ、あの異世界人が、他の異世界人から子供を守ってくれたのか……。ありがたい。

「絶対に彼も助けなければ」そう考え、行動に移そうとした。

だがその直後、その彼は、何かに弾かれたように血をまき散らし、そして動かなくなった。

こちらが権三郎殿と連携し、森の中の異世界人を迎え撃つ準備をしようと動き出した矢先のことだった。

森の異世界人を迎え撃つための準備が完了すると、森から下卑《げび》た笑い声を立てながら、異世界人の3人組が出てきた。

3名。先ほどの男と同じ装備だ。

だが、彼と決定的に違うのは、背中から出ているのが【赤い光】だということだ。

3人の異世界人は、森の入り口で倒れている彼を見つけると、不機嫌そうに痰《たん》を吐きつけ、蹴《け》った。

……戦士の端くれとして、許せない。

怒りに駆られる俺の意思を察した権三郎殿が、「我らが壁になりますので」とそっと告げてくる。そして、案山子たちの指揮を執り、俺の後ろに案山子で組まれた壁を構築して子供を守る。

俺の【戦士としての憤り】に気付いて譲ってくれた。ありがたい。そのご厚意に甘えよう。

すぐさまできあがった肉の壁。いや、案山子は石なので、石の壁。

それに向かって異世界人は筒のようなものを構えている。……何をする気だ。

「ドーーン」

発射された弾頭は、石壁となった案山子のうち1体を揺らし、膝をつかせる。

脅威と認識した。下衆《げす》だが、脅威だ。油断なく、確実に潰さねばならない。

ふう、と一拍、深く息をする。

確かマニュアルには【異世界人は生きて捕縛《ほばく》】とあったな……。

やりすぎて殺さないように気をつけなければ……。

これが、新兵や中堅どころのハンターであれば、逃走を勧める。

だが俺は違う。

ルカス様の作られたこの都市を守るため、幼い頃から研鑽《けんさん》を重ねてきた兵士だ。

レベルは38。他の都市に行けば、精鋭と名乗ってもいいレベルだ。

だがこの街の兵士には、この程度のレベルなどゴロゴロいる。特に我ら西門には。

俺は高みを知っている。だから俺は油断なく戦える。

自然体で槍を片手に持ち、やつらの前に立つ。少し遠い。槍の間合いではない。

だが、相手は異世界人で加護もない。神の審判も受けていないのであれば、レベル1だ。

脅威となるのはその装備のみ。だが装備が良かろうが、やつらが俺に勝てる可能性はない。

「×××、×××××××（ははは、自殺志願者が来たぜ）」

「××、×××××（くっそ、イケメンが）」

「××、××××××（なあ、爆発させていいか？）」

口々に汚らしい音を立てる。

そして、骨のように痩せ細った男が筒を構える。それはさっき一度見ている。

先端に付いている弾頭が射出される。

俺は同時に前に進む。途中、ゆっくり飛んでくるそれを切り飛ばし、前に進む。

「ドン」

真っ二つになったそれは、俺に切り飛ばされた衝撃で爆発した。既に十分に離れていた俺にも衝撃波が来る。この程度であれば、レベル強化されたこの体ならば、直撃しても大したことはない。

3人の下衆の顔が固まる。ああ、ようやく立場に気付いたようだな。

そのまま捕縛されるのであれば、俺は、何もする気はなかった。

「××××(ばっ、ばけものめ!)」

スキンヘッドの男が叫ぶ。そして黒い筒をこちらに向ける。

だから俺は、筒を持つその手を切り飛ばした。

汚い叫び声が聞こえた。勢い余って通りすぎた。

ゆっくりと振り返る。そして炎の魔法を槍の穂先に付与し、スキンヘッドの男の傷口を焼く。

ついでに右足太ももに刺す。動脈は外したと思う。

さて、お待たせしたな。

骨と皮の男と長髪の男は、青ざめた顔でこちらを見ている。

先に動いたのは骨の男だった。

何を思ったのか、案山子の方に走り出した。

……その御仁はいつからそこにいたのだろうか。

権三郎殿は、ルカス様より賜りし宝剣を手に、案山子たちの前を散歩でもするような自然さで、そこに立っていた。

気付くと、骨の男の膝から下がなくなっている。俺の目からは膝から下が消失したとしか見えない。やはり権三郎殿は恐ろしい御仁だ。……そこのクズが死なないようにしなければ……。

しかし、それをなした御仁は【剣が汚れたこと】に焦って、剣の手入れを始めている。

……締まらない。と笑ってしまう。

「××××××××！（なっ、何がおかしい、この原始人が！）」

また喚いた。正直うっとおしい。

軽くにらむと「ひぃ」と息をのむ。

怖がるなら調子に乗らなければいい。

「××××。××××。××××（悪かった。参った、投降する。助けてくれ）」

そう言いながら両膝をつく。どうやら諦めて投降するのだろうか。

「×××（ばーか）」

下衆の考えってのは分かりやすい。油断させたところでやり返す。見え見えだ。

手にした何かをこちらに転がしてきたので、風魔法で反対に転がし返してやる。

「×、××××！（な、ひっひぃ！）」

するとやつは必死になって離れていき、屈んで頭を抱える。そして転がしてきたものが爆発した。やはりな。

「××××××××××××××××××××！」

何かやたらと叫んでいるが、そろそろ付き合いきれないので、軽く打ち据えて意識を落とした。後ろを振り向くと、案山子の向こうで、西門から来た増援部隊が子供たちを保護している。

俺は権三郎殿に、異世界人の捕縛をお願いすると、目的へと足を向けた。

倒れ伏している、異世界人の遺体。

もう背中から【青い光】は発していない。死んでいる。確認も取れた。

異世界の勇者は、満足げに微笑みを浮かべながら死んでいた。

せめて安らかにと思い、彼の目を閉じ、神々へ願う。彼の魂が「故郷である異世界に帰れますように」と。

そのあと、事後処理で忙しくなった。【異世界の勇者】が持っていた遺品については、奇天烈幼児マイルズ君へ渡されたようだ。彼も幼いながらに【異世界の勇者】の生きざまに興味を持ったのだろう。そうであるならば、他人事ながら誇らしい。話したこともなく、生きている姿もほぼ見ていない。だが誇り高き戦士であることは認めている。それを共有してくれる。それは何ものにも変えられない、彼への手向《たむ》けになる。

さて、俺も門番として職務を果たさねばな、と褌《ふんどし》を締め直す思いで、今日も西の門に立つ。

◆◇◆◇◆

あ、すみません。今日はちょっと気分じゃないんです……。

たまごサンドの会会員３号が【マヨネーズを使わないたまごサンド】を「帽子屋の主人と開発しました！」と報告に現れました。

……君たち、私の想定ではマヨラーの会（仮）だったのに……。自由ですね。

ふむ、なかなかのお味です。

ん？　これをもってうちのパン屋部門の開発責任者になれそうですと？　パン屋部門って何？　……ほほう、父が、この街の東西南北にあった４つのパン屋を買収して商売を……ふふふ、たまごサンドの会会員３号、実は、試したいパンがあるのですよ。ふふふ、お主も悪よのう。くくく。

「励ましてあげようと思ったら、マーちゃん、大人と悪い顔して話してる」

バン兄が指摘します。ポッチャリ癒し系美少年（ちっ）のバン兄です。ちょっと抜けているところがかわいいと、お姉さん方（近所のおばさん）を虜《とりこ》にしている方が登場です。

「お姉さん方、優しくしてくれるから大好き～♪」

ふぅ～、ナチュラル～。……バン兄の将来が気になります。弟として。

「バン様、下僕とお呼びいただいて構いませんので、マリーナさんとお話しする時、ご一緒させてください。お願いします」

3号は土下座の勢いです。いや、この世界には【土下座文化】、ないんですけどね……。ていうか、マリーナさんって、この間《あいだ》病気で旦那さんを亡くした、40代のお姉さんですよね？貴方、20代半ばですよね？　えっ？　できれば50代がいい？　……幼児になんてことを言うのですか。

バン兄は、パンで釣られて、3号と一緒に外に出ていきました。それでいいのですか？先日の【異世界人騒動】からずっと、家族はこんな感じなのです。

そんなに落ち込んでいますかね？　私。

勝だった時も、こういう場面でやたら周りが動いてくれました……。ありがたい半面、申し訳なくもあります。早めに復調しなければ……。そう思いますが、やる気が起きません。

なんとなくですが、後ろに立つ権三郎が、心配そうであることが分かります……。

気力って、どこで売っているんですかね……。

売っているのであれば、私、お金持っていないけど、全力でおねだりしてみましょう！　3歳児を舐めないでいただきたい。

庭に出ます。寒いです。曇り空では、太陽光の温もりはありません。

ああ、誰か私を抱きしめて……。

なんて言うと、最近本気でザン兄あたりが抱きしめてくれます。しかも無言で。

いかんいかん。私は今年で……。……いえ、現実逃避はやめましょう。

ああ、そうさ。今、悲しいさ。

社会人初期に苦楽を共にした親友、戦友と呼んでもいい男が死んでしまった。

しかも、まだ生き残れる可能性があったんだ。でも、私たちのために……、見知らぬ子供のために……、あいつは分かって、命を張った。

なあ、そんな生き方が、私たちが目指していた【おっさんの姿】かい？

なあ、君は今までどんな人生を生きてきたんだい？

なあ、なんで苦しい時に、私に助けを求めてくれなかったんだい？

そして、なぜ……、私はあれから一粒の涙も流せないんだ？

知っている。私は限界まで我慢する性格だと。

勝だった時も、大好きだった祖父が逝ってしまっても泣けなかった。

いや、泣いたけど。泣けたのは通夜の途中、深夜のトイレでのみ、だった。悲しいけど、泣くのは違う気がした。それよりも先にすべきこと、故人を想うことが先立つ。

悲しむのは自分の中での整理だよ……と。

それよりも、亡くなった人をきちんと弔《とむら》おう……と。

泣いて自分を慰めるのは違う、とか思って我慢してしまう……。

……ああ、そうか。私は今泣くことで、あいつと【別れる】のが嫌なんだ。

そう理解できると、今の想いがすっと胸に落ちた。

なにげなく、小石を1つ拾い上げる。

なぜだか分からないが、【気】の流れが見える。握る。石が粉々に砕ける。自分だけではなく、石にも【気】の通り道があった。

そこに自分の【気】を通すと、石が耐えられず自壊する。使い方によっては色々できそう。

……究《きわ》めれば恐ろしい力だな、これ。

練習してきたことができるようになってきた。だがこれも、暇潰しの一つでしかない。

私は今、祖母を待っている。

あるお願いをしたからだ。それが叶えば、たぶん泣けるのだろう……。

3つほど小石を潰した時だった。

祖母と祖父が帰宅した。北の魔王様に、西の森に現れた異世界人を引き渡した帰りだ。

「マイルズ、少ししたら私の部屋に来なさい」

コンコン。

ゆっくりと手を洗い、早鐘のように鳴り響く心臓を落ち着けようとしたが落ち着かず、そのまま祖母の部屋のドアを叩きました。

祖母はドアを開けると、私を部屋の中に招いてくれました。

部屋に入ると、私は祖母と相対するように、向かい側のソファーに座りました。

「結果から言うと、青い光を出していた異世界人については、魔族側の犯罪者ではなかったので、こちらで処分しました」

……処分なのだ。……まあ、仕方ないです。

「貴方の希望の遺品も受け取ってきました。武器の類については、王都の研究所に引き渡しているので、そんなに量はないけど……」

どさっと音を立てて、麻袋が置かれました。

私も受け取ろうと手を伸ばしますが、麻袋を持つ祖母が、手を放してくれません。

「正直に話して」

……そうなりますよね。仕方ないことです。

深呼吸をして、祖母の目を見ます。相も変わらず鋭い目です。私はその目から視線を外さずに語ります。

「あの男は、私の……私の中にある異世界人の記憶で……親友です」

ちらりと祖母の反応を見ます。想定通りのようです。

「記憶の中で、私だった男は、彼と約束をしました。たわいもなく、ただ壮大な、夢の話です。……【記憶の男】は、その実現に向けて努力しました。彼と連絡がつかなくなっても、彼が自分と同じく努力していると信じて……」

言葉を切ります。……そうだよな？　たとえうまくいかなかったり、不条理に苛まれたりしても、私と同じく努力してたよな？……私は英語を話せるようになったぞ。お前と一緒に、海外向けの商談をするために。

「だから、私は知る必要があるのです。彼が、【記憶の男】が知る親友であったのか。私は【記憶の男】ではありません。でも私は【記憶の男】に、……自己満足でもいいから、報告しなければなりません。彼が生きて……、死んだことを」

祖母の手が離れます。

受け取った袋の中には、アクセサリーと手帳、筆記用具と財布が入っていました。

……あの効率厨め、少なすぎるんだよ……。

ドッグタグを取り出す。間違いなくあいつの名前だ……。

手帳を取り出す。あいつの名前だ……。

手帳には、任務内容を簡潔に記載しています。赴任していた国の言語らしき文字で記載されていました。ときどき、自分を激励する言葉を日本語で並べています。

「間違いありません。【記憶の男】が知る親友でした」

「悲しいの？」

「これは私の思い出ではないので、悲しいとは思えません」

「どうするの？」

「いつかきっと、彼が来た異世界の、【記憶の男】に私が送ってあげます。彼のために泣くのは【記憶の男】の仕事です」

……ええ、意地を張りました。

「……マイルズ。他人の記憶とはいえ、今は貴方と一緒の記憶よ。今、貴方が大人のような発言をしているのも記憶のせいなのよ？　意地を張らないで、受け入れてあげてもいいのよ……」

僕の頭の上に、優しく祖母の手が載せられます。

涙がこみ上げてきます。喉の奥まで嗚咽《おえつ》が駆け上がってきます。でも、ここで泣くのは違います。

「おばあちゃん、ありがとう……」

そう呟くと、祖母から逃げるように部屋を出……ようとして、ドアノブに手が届きませんでした……かっこつかねぇ。そっと祖母がドアを開けてくれました。

私は全力でベットに潜り込みます。
権三郎には部屋を出てもらい、枕に顔を強く押し付けて泣きます。
そもそも、声を押し殺していたので、皆には聞こえないはずです。
死んだあいつにも、聞こえないはずです。
死んだことを悔やんであげるのは、勝の仕事なのです。
でも、子供を守って笑って死んだあいつを想うと、涙があふれてしまうのです。
私との約束を守れず、助けも求めてくれなかったあいつを想って泣いてしまうのです。
それは、私が3歳児だから仕方がないのです。
心は、体に支配されるのです。
心は、体に引きずられるのです。
だから私、マイルズ3歳は、泣いてしまうのです……。

◆◇◆◇◆

儂の目の前を、我が孫マイルズが駆けていった。廊下で話を聞いていた儂にも気が付かずに、子供部屋に逃げ込んだ。きっと声を出さぬようにして泣くのだろう。

まだ子供なのだ、無理はしないでほしいと、思ってしまう。

ノックしないで妻の部屋に入る。ソファーに座ったまま、困ったような顔の妻がこちらを見る。

「マイルズは良い男になるな」

「……でも今は、かわいい孫でいいの」

腕の中で甘えて、泣いてほしかったのだろうな……。

だがそれは、信念を通した男と、それを信じた親友を冒瀆《ぼうとく》してしまう。本能のところでマイルズは【男】だったのだろう。

「異世界人の記憶か、こんなものを見せつけられると、また……信じたくなってしまうな」

妻は悲痛な表情でコクンと頷く。

「だが」

「でも」

「『私たちは異世界人を信用することはない』」

儂が近づくと、妻は横に動いて、ソファーに座れるように場所を開けてくれる。

「ええ。そしてマイルズの中の異世界人の記憶が、マイルズに悪影響を及ぼさないように注視しなければ……」

そこで儂はふっと、薄い笑いをため息と共に吐き出す。

「もう、変に大人びた対応とか、結構悪影響な気がするぞ？」

「まぁ、それでもまだ**バ**かわいいからいいのよ。……妙に抜けてるし」

妻に笑顔が戻る。儂はこの笑顔のためなら、神にも喧嘩を売れる。

「では明日、儂がその**バ**かわいいマイルズと、遊びに出かけようかの」

「まあ、孫馬鹿と**バ**かわいい孫のコンビね。大丈夫かしら」

クスクス笑う妻。儂はそっと抱き寄せる。

マイルズよ。無理に大きくなろうとしないでくれ。

無理に大人ぶろうとしないでくれ。

儂らは失敗しようが、いたずらしようが、泣こうが、お前であることが大事だと思うのだ。

無理すると心配になってしまうではないか。

そのまま育ってくれ。爺からのお願いだ。

◆◇◆◇◆

祖父が朝食後、「今日は一緒に遊んでやるぞ！」と言ってきました。

正しくは、お昼すぎまでの予定でついてくるようです。

ですので、おねだりします。

おねだりは幼児の特権なのです。

「魔石がほしい」

いえ。モンスター退治に行きたいのではありませんよ。ええ、河原で拾うだけでいいのです。

あ、祖母の目が厳しいです。今度は魔法道具を作ったら、ちゃんと報告します。実験する前にご相談します。

なんとか、なんとか許していただき、公園へ。

ザン兄さんも一緒に来たので、お昼はバーベキューです。

肉うまっ！　何肉ですかね？　昔、東京で食べたジンギスカンが吐くほどまずかったので、食肉業者の方に相談したのですが、「肉ってのは、捌《さば》き方しだいで味が段違いだぜ」と怪しい手つきで教えられました。なるほど、東京の高級生ラムより、北海道の安物合成肉の方が美味しいのはそういうことだったのですね。

話がそれまくったのです。

要約すると、肉を捌いた人の腕がいいということです。

「美味いだろ？」

ザン兄がドヤ顔で言います。……まさか！　貴方が捌いたのですか？

「これ、昨日お父さんが仕留めてきたドラゴン肉だぜ」

何ですと!! それって先日聞いた、料理人になる最低条件【ドラゴン討伐】。あれ……本当だったのですね。恐ろしや。

「美味しいは正義なのです！ あ、お野菜も美味しいです、おじいちゃん」

「なんか、孫に気を遣われた気がするが、気のせいじゃな！」

食を堪能し、食休みで少し横になったあと、河原で魔石の収集です。

3人でやれば3倍の収穫です。

お、この石、綺麗ですね。ふっと太陽光を反射して、キラキラ綺麗な川を眺めます。水に触れるには寒い季節ですが、見るぶんにはいいものです。

近づいて川底を見ます……。癒しです。

ふと……嫌な予感がしました。

上流から流れてきたそれは、勝の記憶では【簀《す》巻き】と呼ばれるものでした。

簀巻きの片方から足が出ています。もう片方は茶髪です。

簀巻きの中にいた人は、日本人のような顔立ちで、ちょっと見ただけでイケメンと分かる感じです。顔の上半分を隠すような仮面を被っています。不細工であることをすごく願いました。

「おっと、そこ行く可憐《かれん》な幼児よ」

若干上から目線の言葉を放ったそれは、簀巻きから手を出し、２本の指だけで、手近な岩を掴み、流されないように踏ん張っています。

「ふむ、私の魅力にやられてしまったかな。美しいとは罪なも……」

舐めないでください。言い切られる前に、岩に【気】を通して粉砕します。

「キャッチ&リリースは釣りの基本なのです」

まあ、キャッチする気などかけらもないのですがね。

再び「どんぶらこ～どんぶらこ～」と流れていく簀巻きを見送りつつ、どこかで熟女に拾われて鬼退治とかに行ってほしいなぁ、と思いました。ええ、とっても。

残念ながら、これが変態王子とのファーストコンタクトでした……。

外伝　湯煙天国

シリアスさんがはっちゃけてくれた日から数日、完全に元気を取り戻しました！　マイルズ3歳です。

現在、なぜかできるようになってしまった【気】の操作を、家族に披露しています。

「「「おお！」」」

皆さま、驚きの様子（どやぁ）。

「……マイルズ、これ人前でやったらダメよ」

「マーちゃん、おばあちゃんの言う通りよ」

祖母と母の笑顔が怖いです。大丈夫です。このマイルズ3歳を信頼してください。

「マイルズ、コツを教えなさい」

ミリ姉、教えたいのですが、教えることができません。私も理解できていないからです（どやぁ。本日2回目）。

「マイルズ、すごいなぁ。でも岩なら、こうやって割ることもできるんだぞ」

そう言って石を投げ上げると手刀を振ります。

すると真っ二つになって落ちていきます。さすがザン兄！　料理が絡まないとすごい！

「ザンバ、まだまだ未熟ね」

ミリ姉が、同じぐらいの大きさの石を投げ上げると、同じように手刀を振ります。

石は「落ちた衝撃で」４つに割れました。ザン兄より一段階上のすごさです。

「ふふふ」

勝ち誇るミリ姉と悔しがるザン兄。年子の姉弟は難しいと言いますが、うちの姉と兄は健全な関係にあるようです。だってほら、今ミリ姉がザン兄にコツを教えています。

さて、夕暮れ時のお庭。この時間に、私、ミリ姉、ザン兄、バン兄、母、祖母が勢揃いなのは大変珍しいことです。何かあるのでしょうか？

「バン兄、今日何かあるの？」

ベンチに座ってのほほんとしていたバン兄にたずねます。バン兄はこの時間、結構な確率で、リビングで本を読んでいたはずです。

「ああ、マーちゃんは初めてだったね」

ポンと手を打つとバン兄。

「お風呂の日だからだよ」

「お風呂の日？」

お風呂ならお家で毎日入っていますが？

「違うよ。大きいお風呂に入りに行くんだよ」

満面の笑みです。というと、銭湯でしょうか。お風呂のことなど普段あまり言わないバン兄が興奮気味です。スーパー銭湯みたいな感じでしょうか？　ならば私も楽しみです。愛媛に出張で行った時に入った【坊ちゃんの湯】のような感じでしょうか。時代背景的に、あれはいいものです……。

そのあと、断片的にバン兄のスーパー銭湯の話を聞きながら、期待感が湧き上がってくるのを感じます。

夕闇に包まれ始める時間帯になった時です。

「お～い、お風呂行くぞ～」

父と祖父がお帰りのようです。では参りましょう、いざ！　決戦の地、スーパー銭湯へ!!

◆◇◆◇◆

スーパー銭湯は繁華街の端にありました。ここが少し前まで町の端だったらしいです。ワイワイガヤガヤと集団移動している時に父が教えてくれました。

町で一際《ひときわ》目立つ、石造りの巨大な施設、それがスーパー銭湯でした。

日本のスーパー銭湯というよりは、ローマのテルマエのようなイメージです。

道すがら、今日連れてきてくれた理由をたずねると、これまでは「安全上の理由」から、私は母か祖母とお留守番だったそうです。今回は3歳を迎え、落ち着いてきたという理由で、参加可能となったようです。

外灯の薄明かり。どこからともなく聞こえてくる笛の音。否が応でも期待値が上がります。お祭りは始まる前が楽しいのです。

く〜〜〜、テンション上がるーーーー！

そんな楽しい雰囲気で施設に入ります。入り口で男女が分かれました。もちろん私は男風呂です。

……？　何も含みなんてないですよ。私、男ですので。ええ、なんか女風呂なんかに入ってしまえば、お風呂上がりの女装、撮影会、男の娘化する姿が目に浮かびます。それだけは回避なのです。私、男の子なので。これ大事。

さて、父と祖父が支配人と談笑している間に、私はザン兄とバン兄に引き連れられて、服を脱いでいきます。手先の感覚がおぼつかす、1人では悪戦苦闘。途中から兄たちが手伝ってくれました。

私が服を脱ぎ、３人分まとめて籠にしまい終わると、父と祖父も服を脱ぎ終わり、タオル片手に「行くぞー」と言いますので、その後ろについていきます。異世界初、スーパー銭湯なのです！

湯舟は４つありました。40人くらい浸かれそうな大きな湯舟が３つ、浅い子供風呂が１つ。

まずは体を洗います。シャワーなどございませんので、湯舟の縁に腰をかけ、お風呂場に置いてあった風呂桶で湯舟からお湯を汲《く》み、体を洗い流します。

もちろん、私は湯舟の縁から手を伸ばすと、バランスを崩してしまいますので、三助のような格好でついてきている権三郎が丁寧に洗ってくれます。

「頭洗いますから目をつむってください～」

「は～い」

「マイルズ坊ちゃんはお利口さんだな」

農場職員のおじさんが子供風呂の方を見て言います。

「むふふ」

目を開けずに、声がした方向に親指を立ててお返事です。なぜだか大人の湯舟の方から爆笑が巻き起こっております。気にしません。人生そういうものです。

「はい、流しますね～」

「はい！　なのです！」

ザーッとお湯を頭からかけられます。爽快です。

目を開けると周りから微笑ましいものを見る視線を感じます。

「はい、次、お体洗いますね～」

「は～い、なのです」

おててを挙げて権三郎にお任せします。

手際よく洗われて、２度目のお湯で体を洗い流します。さぁ、お風呂タイムです！

「バン兄、背中洗いますね！」

ふふふ、できる幼児は気遣いもできるのですよ。風呂桶と、私が使っていた小さな椅子を壁際に戻す権三郎を横目に、私はタオル片手にバン兄の背中に回り込みます。

「マーちゃん、ありがとう～」

弟にもお礼の言える6歳児、バン兄なのです。

「ザン兄さんは僕が背中流してあげるよ」

「おう、ありがとう！」

ということで、兄弟仲良く背中を流しています。

「ザンバ、あとで俺の背中を流してくれ」

「は〜い」

何もしていないので若干居心地悪そうだったザン兄に、父から声がかかります。父は既に体を洗い終わり、大人用の湯舟に浸かっております。早い。

「よっし俺たちも入るぞ〜」

「「お〜」」

お湯が温《ぬく》いのです。この熱が体を駆けめぐる感覚、広いお風呂の解放感、良きかな。勝だった時は、歳のせいもあり血行が良くないのか、お風呂に浸かると温かさが体中をめぐる感覚で思わず「あ〜〜」と声が出てしまっていたのですが、幼児の体でそれはなかったです。

なお、私は権三郎に抱えられながら浸かります。

そう、現代日本の湯船に比べ、こちらの湯舟は深いのです。子供風呂でもそれなりの深さがあり、大人用の湯船は110センチ程も深さがあります。大人用の湯船では私とバン兄は溺《おぼ》れてしまいます。ザン兄は先ほど「最近大人湯にも入れるようになった」と自慢しておりました。

……うらやましくないですよ。ここは市民プールで、あちらが大海原。冒険の旅に出る選ばれし勇者、なんて思っていませんよ。……権三郎に抱えてもらえれば入れませんか？

「……」

許可は下りませんでした……。

「背が高くなれば入れるようになる。焦ることはない」

ザン兄はそう言うと、タオルを片手に子供用の湯舟を颯爽《さっそう》と出ていき、大人用の湯船に入ります。

「……」

「ザン兄、お早いお帰りで」

「大人用の湯船、熱い……」

温度設定を忘れていたようですね。

「お〜い、ザンバ。そろそろ頼む〜」

「は〜い」

ザン兄が大人たちの方に向かっていくと、私とバン兄は湯船を出たり入ったりしながらゆったりとお風呂を楽しんでいます。のんびり屋なバン兄と私なので、言葉数は少なくなっておりますが、笑顔でお風呂を楽しんでおります。

「お前ら、勝負の時間だ！」

ザン兄が帰ってきました。その手にはおもちゃが握られています。

それは、掌サイズの船でした。日本で言う「陶器の浮き金魚」のような浮かぶおもちゃですが、ザン兄のそれは凝った作りになっています。我々が住んでいるのは大陸内部で、船はもち

ろん、海も、本でしか知りません。兄は父から冒険譚《たん》と一緒に聞かされて、海を知っているようです。話を気に入ったのか、私が生まれた頃、祖父とその仲間たちにおねだりをし、現在持っているミニチュアを作ってもらったそうです。

対して私たちのおもちゃは……私のは平べったい赤いお魚さん、バン兄のは細長いお魚さんです。さんまのようなお魚なので塩焼きにしたいです。……嘘です、バン兄。悲しそうな顔しないで。

さて、私とバン兄はザン兄に引き連れられ、比較的人の少ない大人用の湯船に行きました。ちょうどお湯が湧き出ている辺りで、浮きのおもちゃを構えるザン兄。

「魔法力をこめろ！」

「「お～！」」

私は何のことか分かりませんが、楽しそうなので乗っかります。

「準備はいいか！」

「「お～！」」

湯舟の縁から身を乗り出すザン兄とバン兄。私は権三郎に抱えてもらいながら、浮きのおもちゃをお湯に浸けます。

「3・2・1、ごー！」

一斉に手を放します。ゆっくりと進む浮きおもちゃたち。先行は私の金魚1号、追いかけるのはバン兄の焼きさんま号、ザン兄の凝りすぎた船はなぜかスタート近辺で回っております。なにげに楽しいのです。でも、こんなこと勝手にやっても大丈夫なのでしょうか？

「大丈夫です。先ほどザンバ様がこちらの方々に許可を取っておりましたので」

見れば、大人たちも楽しそうにレースの様子を見ております。「ザンバ坊ちゃん、頑張れ〜、湯上りの一杯がかかってます」などと口々に言っております。うん。安心しました。ですがね。私に賭けている人がいないようなのはどういうことでしょうか？　私の金魚1号を舐めておいでで？　ふむ、目にもの見せてさしあげましょう。

「おうよ！　行け！　俺のブルーオーシャン号」

出遅れて焦ったザン兄が声援？　に答えて何か叫ぶと、ザン兄の右拳に弱い魔法力の光が宿ります。するとザン兄の船型の浮きおもちゃの後部から水流が発生し、ザン兄のおもちゃを前進させます。加速がついた船はバン兄の焼きさんま号を抜き、私の金魚1号を弾き、先頭に出ます。そして勢いを保ったまま水流に乗ります。

「負けない！　さぁ本気を出せトルペード！」

ドイツ語で魚雷！　バン兄の焼きさんま号は水中に潜り込むとザン兄同様に、水流を発生させ加速します。ふおぉぉぉ、かっこいい！　負けてられません！　私もそれしたい！

「マスター、おもちゃに込めた魔法力と同調すると動きますよ」

「了解なのです！　私のこの手が真っ赤に燃える！　勝利を掴めと轟《とどろ》き叫ぶ！　行くのです、金魚1号!!」

爆笑されました。おかしい。私が知っている中でも最高にかっこいいかけ声なのですが……。

結果どうなったかというと、我々3人のおもちゃは手に汗握る競り合いとなり、結果、ザン兄の勝利となりました。

いい勝負だったのですが、私の金魚1号はコースをそれてしまい、バン兄の焼きさんま号は再加速後、浮上した先にザン兄の船がおり、ザン兄の船を押してしまう結果となってしまいました。

「勝者、ザンバ様！」

楽しかったのです。権三郎におもちゃを回収してもらい、湯船に浸かっていたおじさん方に「お邪魔しました」と挨拶をして、子供湯船に戻ります。そのあと温まって、お父さんたちに「先に上がる」と伝えてからお風呂を上がります。

風呂上がりにコーヒー牛乳がほしいところですが、ございませんでした。お水ゴクゴクです。持ってきた服に着替えて、扇風機のような魔法道具の前で、お約束の口を開けて「あ゛ー」と変な声にしてのお遊びをしたあと、ザン兄に引き連れられ休憩所に向かいます。

最高に気持ちよく、最高に眠いのです。奇遇なことに、バン兄もおねむのようです。ザン兄がお布団を敷いてくれたので、私たちは、即座にお布団へダイブし、夢の世界へ旅立つのでした。

◆◇◆◇◆

マイルズが安定したので、念願の湯屋に来た。俺はルース・アルノー。この都市、グルンドで料理屋を経営している。マイルズの父親だ。

親父がここを統治するようになってから、民衆の楽しみは湯屋だ。おかげでこの都市には小さな湯屋が無数に存在する。だが、ここのような巨大な施設は数カ所しかない。

我が家でも月に1度は来るようにしていたが、マイルズが落ち着くまでは、と我慢していた。しかし最近、上の子たちの成長と、何より不安定なマイルズに親父がつけた専属案山子こと権三郎が有能で、子守りを任せられるようになった。不安要素が少なくなったので今回お試しで来たのだ。

俺は風呂を堪能したあと、一緒に来ていた部下たちや親父の職場のメンバーたちと酒を飲む。先に上がったマイルズたちは疲れて寝ていた。俺は子供たちの寝顔を確認し、その横の部屋で宴会を始める。

1時間ほどするとザンバが起きてきた。そして顔馴染の大人たちと話しながらご飯を食べ始める。そのタイミングで、親父と一緒にマイルズとバンの様子を見に行く。権三郎が会釈をしてくる。2人ともぐっすり眠っている。これは起きないかな……。

安心して宴会へ戻る。さらに1時間経つと、女性陣がやってきた。エステ等を受けてきたようなので褒める。気分よく宴会に合流してくれた。

しばらくすると、なぜだかミリアムが周りに煽られて歌い始める。うちの馬鹿どもは楽器が弾けるやつがいるので、ミリアムも楽しくなり、音楽に乗せて歌う。うちの娘、天才だ。嫁にはやらん。

そんな歌声で起きてしまったのか、マイルズとバンが目をこすりながらやって来た。マイルズは俺の膝の上でソーセージを齧り、バンは母親のミホに抱きついて二度寝に入っている。10分もしないうちに、マイルズも眠りについた。そのタイミングで、サンバが2人を連れて部屋に行くと言ってくれた。子の成長は早い。お兄ちゃんとしての責任感を持ち始めてくれたのかと感慨にふける。

1時間後、食事に満足したミホとミリアムも部屋に帰っていく。

宴会は続く。明日の朝、飲みすぎでミホに怒られるな、と思いながら、楽しい時間は過ぎていく。

◆◇◆◇◆

こんにちは。なぜか、ある人の人生を追体験中のマイルズ3歳です。

むろん、ダイジェストでお送りされております。

その方は、とある国の王族に生まれ、幼い頃、7人いる兄弟たちと共に【神の使い】を名乗る者に世界の現実を見せられ、それらを救おうと志します。そのあと、彼は人生の中で、数多くの悲しみと、苦境、そして同じだけの喜びを得ます。そして人生の最後は、探検家として遺跡探索中に、眠るように死を迎えました……。

ダイジェストでも感じる、重くて濃い人生！　走馬灯みたいなダイジェスト。

本人なら感じ入るかもしれませんが、私は他人です。他人には意味不明です！

分かったのは、この方が【初代魔導公爵】であること。私の一族があの地方でどんな因果があったのかということ。魔導公爵の一族が、一本筋の通った魔法オタクの集まりであること。

しかし現在、私はどこにいるのでしょうか。白い空間、目の前にはモニターが浮かび、私が映し出されています。……正確には「父親の膝の上で眠気に負けて船を漕《こ》ぐマイルズ」が映し出されています。

……では私は？　そう思い、手を見ます。小さなおてて、最近よく見るマイルズ３歳の手です。状況に思考が追いつかず、混乱していると、頭に手が載せられます。

「映像に映る【勝にーちゃん】は眠そうだな。お主もそろそろ寝る時間ではないか？」

撫でられるこの手、どこか懐かしい感じがします。この声もどこかで聞いた覚えが……。ここ最近だったはず。考えて分からなければ実際に見るべきでしょう。

そう思い立って、私を撫でる人を見上げます。そこには先ほどのダイジェスト映像で出てきた人、初代魔導公爵、その若かりし頃の姿がありました。

「……あ」

「貴方がなぜ？　ここはどこ？」と声を上げようとしたところで意識が切れました。

「うむ。あちらの【勝にーちゃん】も寝てしまったようだのう」

途切れゆく意識のなか、そう呟く初代魔導公爵の声だけ聞こえてきました……。

◆◇◆◇◆

翌朝、すっかり熟睡してしまった私は、空腹で目を覚ましました。マイルズ３歳です。

何かあったような気もしますが、お部屋に戻ってきてから気持ちよく寝た以外、記憶がありません。ん？　ソーセージをいただいていたと？　むむむ、惜しいことをしました。
そのあと、美味しい朝食をいただいて、ゆっくりとお家に帰るのでした。

あとがき

はじめまして、そしてお久しぶりです。ぐう鱈です。

6年。長かった。

2017年2月から書き始めた当作品、ようやく陽の目を見ました。

気分転換に書いた別作品が先に書籍化した際、「何でこっち（おっさん3歳）は書籍化されないの？」というコメントをいただいたことがあります。

何と答えたのか覚えていませんが、「好き放題書いている作品なので、難しいのかも～（笑）」っぽいことをお答えしたと思います。

WEB版での書籍化は難しい。理解していました。でも諦めきれなかった。きっと、いつか。と考えていました。しかし時間が経つにつれ、諦めの感情が浮かんできました。更新もしていないし……。でも、それでも諦めきれない「おっさん（3際）の冒険。」という作品にはそれだけの思い入れがありました。

割り切って次の作品を書こうと思っても、どこかこの作品のことが頭の片隅にありました。

だから、たまに自分で読み返しては「面白いなぁ」とか「このあたりからキャラが暴走しているなぁ」とか思いつつ、しかし続きを書くかと言われると書けない。

「唐突に再開したら、私はいいけど、読んでくれている人たちはどう思うだろうか……。……今さらとか思われて切られないだろうか……」等々、マイナス思考で手が止まる。

手が止まる↓設定忘れる↓手が止まる↓新作検討する↓手が止まる↓この作品を書こう
まさに無限ループ！

そんなときに「書籍化しませんか？」とお声がけいただきました。

1年半かけた実家の建替えが終わり、引っ越し作業で忙しかった時のことです。

何と間のいい（笑）。気持ちを切り替えるにはよい時期でした。

そんな経緯で本書「おっさん（3際）の冒険。」を皆様にお届けしております。

昔から見ていただけていた皆様、お待たせいたしました。

書籍から見ていただいた皆様、お楽しみいただけたら嬉しいです。

文末となりましたが、出版に関わっていただけた皆様に心から御礼申し上げます。

なろうの底から掘り起してくれた編集様。かわいいイラストを描いていただいた高瀬コウ様。

良い作品に仕上がったかと思います。重ねて御礼申し上げます。

最後に、ここまでお読みいただきありがとうございます。またどこかでお会いできれば幸いです。

ぐう鱈

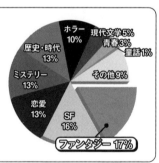

平凡な令嬢
エリス・ラースの日常
The Everyday Life of an Ordinary Lady Ellis Lars
まゆらん
イラスト 羽公
平凡って楽しくてたまりませんわ！

2023年8月、
最新15巻
発売予定！
もふもふを知らなかったら人生の半分は無駄にしていた
1〜14
著／ひつじのはね
イラスト／戸部淑
冒険あり、癒しあり、笑いあり、涙あり
もふもふたちに囲まれた
異世界スローライフ！
魂の修復のために異世界に転生したユータ。異世界で再スタートすると、
ユータの素直で可愛らしい様子に周りの大人たちはメロメロ。おまけに妖精たちがやってきて、
魔法を教えてもらえることに。いろんなチートを身につけて、目指せ最強への道？？
いえいえ、目指すはもふもふたちと過ごす、
穏やかで厳しい田舎ライフです！
転生少年ともふもふが織りなす
異世界ファンタジー、開幕！
定価1,320円（本体1,200円＋税10%） ISBN978-4-8156-0334-2
ツギクルブックス
https://books.tugikuru.jp/

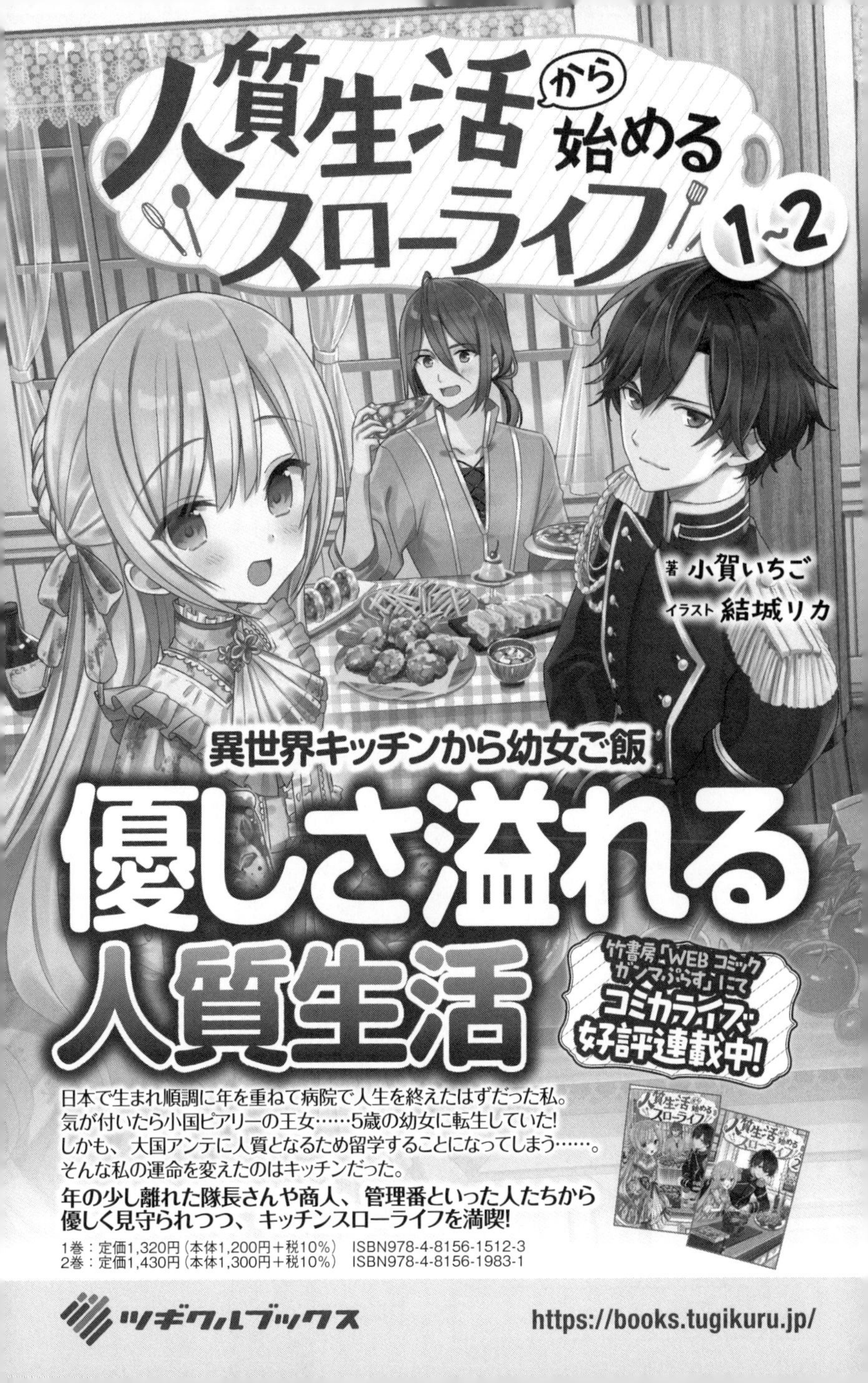

人質生活から始めるスローライフ 1〜2
著 小賀いちご
イラスト 結城リカ
異世界キッチンから幼女ご飯
優しさ溢れる人質生活
竹書房「WEB コミックガンマぷらす」にてコミカライズ好評連載中!
日本で生まれ順調に年を重ねて病院で人生を終えたはずだった私。
気が付いたら小国ピアリーの王女……5歳の幼女に転生していた!
しかも、大国アンテに人質となるため留学することになってしまう……。
そんな私の運命を変えたのはキッチンだった。
年の少し離れた隊長さんや商人、管理番といった人たちから
優しく見守られつつ、キッチンスローライフを満喫!
1巻：定価1,320円（本体1,200円＋税10%） ISBN978-4-8156-1512-3
2巻：定価1,430円（本体1,300円＋税10%） ISBN978-4-8156-1983-1
ツギクルブックス
https://books.tugikuru.jp/

愛読者アンケートに回答してカバーイラストをダウンロード！


愛読者アンケートや本書に関するご意見、ぐう鱈先生、高瀬コウ先生へのファンレターは、下記のURLまたは右のQRコードよりアクセスしてください。

アンケートにご回答いただくとカバーイラストの画像データがダウンロードできますので、壁紙などでご使用ください。

https://books.tugikuru.jp/q/202305/ossan3sai.html

本書は、「小説家になろう」（https://syosetu.com/）に掲載された作品を加筆・改稿のうえ書籍化したものです。

おっさん(3歳《さい》)の冒険《ぼうけん》。

2023年5月25日　初版第1刷発行

著者　ぐう鱈《たら》

発行人　宇草 亮
発行所　ツギクル株式会社
〒106-0032　東京都港区六本木2-4-5
TEL 03-5549-1184
発売元　SBクリエイティブ株式会社
〒106-0032　東京都港区六本木2-4-5
TEL 03-5549-1201

イラスト　高瀬コウ
装丁　株式会社エストール

印刷・製本　中央精版印刷株式会社

ISBN978-4-8156-2104-9
Printed in Japan